Für meine Frau Becky

Roger E. Olson

Gott und *Die Hütte*

Was ist dran am Gottesbild
des Weltbestsellers?

Aus dem Amerikanischen übersetzt
von Jokim Schnöbbe

GerthMedien

FSC

Mix

Produktgruppe aus vorbildlich
bewirtschafteten Wäldern und
anderen kontrollierten Herkünften

Zert.-Nr. SGS-COC-1940
www.fsc.org
© 1996 Forest Stewardship Council

Verlagsgruppe Random House FSC-DEU-0100
Das FSC-zertifizierte Papier *Holmen Book Cream* für dieses Buch
liefert Holmen Paper, Hallstavik, Schweden.

Die amerikanische Originalausgabe
erschien im Verlag InterVarsity Press, Downers Grove, IL 60515-1426
unter dem Titel „Finding God in The Shack".
© 2009 by Roger E. Olson
© der deutschen Ausgabe 2009 by Gerth Medien GmbH, Asslar,
in der Verlagsgruppe Random House GmbH, München

Die Bibelzitate wurden, sofern nicht anders angegeben,
der folgenden Bibelübersetzung entnommen:
Gute Nachricht Bibel, revidierte Fassung,
durchgesehene Ausgabe in neuer Rechtschreibung,
© 2000 Deutsche Bibelgesellschaft, Stuttgart (GN)

1. Auflage Juni 2009
2. Auflage August 2009
3. Auflage September 2009
Bestell-Nr. 816 435
ISBN 978-3-86591-435-4

Umschlaggestaltung: Michael Wenserit
Umschlagfoto: Shutterstock
Satz: Typostudio Rücker
Druck und Verarbeitung: GGP Media GmbH, Pößneck
Printed in Germany

Inhalt

1

Warum ein Buch über
Die Hütte?

Nur wenige Bücher bewegen die Gemüter von Millionen von Lesern auf der ganzen Welt zurzeit so sehr wie William P. Youngs außergewöhnlicher Roman *Die Hütte* (erschienen im Juni 2009 bei Allegria).

Jeder, der selbst schon mal völlige Verzweiflung erlebt oder einen trauernden Freund begleitet hat, kann die Gefühle von Mack in *Die Hütte* nachempfinden. In dem Roman lebt Mack lange unter einer schwarzen Wolke, genannt die *Große Traurigkeit*, womit die schreckliche innere Verzweiflung gemeint ist, die mit einem schweren Verlust einhergeht. Das kann der Tod eines Familienangehörigen sein. Das kann finanzieller Zusammenbruch sein. Das kann eine Scheidung oder der Zerbruch einer Beziehung sein. Was auch immer die Situation ist, die *Große Traurigkeit* ist ein Lebensgefühl, das leider viele Menschen nur allzu gut kennen.

Wenn sich Leute von der *Großen Traurigkeit* niedergedrückt fühlen, fragen sie oft: „Wo ist Gott?" *Wo war Gott, als mein Mann oder meine Frau starb? Wo war Gott, als mein Bruder bei einem Autounfall umkam und eine Frau und zwei kleine Kinder zurückließ? Wo war Gott, als ein Sturm oder das Hochwasser unsere Stadt und mein Haus zerstörte? Wo war Gott bei dem Amoklauf, der so viele Menschen das Leben gekostet hat?*

In Bezug auf Gott gibt es wahrscheinlich keine Frage,

die Christen und Nicht-Christen dermaßen aufwühlt wie diese: Wie kann ein guter und allmächtiger Gott solche entsetzlichen Dinge geschehen lassen? Wie konnte Gott den Tod des Menschen zulassen, den ich so liebte? Insbesondere, wenn dieser Tod mit grässlichen Schmerzen verbunden war und einen Pfad der Verwüstung hinter sich ließ?

Derartige Gedanken bringen Menschen dazu, Gottes Charakter oder Existenz infrage zu stellen. Das Ringen mit diesen Fragen ist sicher ein Grund, warum sich *Die Hütte* von William P. Young millionenfach verkauft hat, wobei jedes verkaufte Buch von zwei oder drei Leuten gelesen wird. Es stellt sich diesen Fragen – besonders der Frage nach Gottes Charakter – auf absolut überzeugende Weise.

Die Hütte erinnert mich an die bekannte Fernsehserie *Ein Hauch von Himmel*. Beide vermitteln tiefe Gedanken über Gott, das Leid, das Böse und den freien Willen, ohne bestimmte Theologen, Kirchen oder konfessionelle Traditionen zu erwähnen. *Die Hütte* ist unverhohlen christlich, spricht aber durch seine „unreligiöse" Anmutung auch eine große Leserschaft an, die nicht gläubig ist. *Die Hütte* will nicht nur eine gute Geschichte erzählen, sondern vor allem das Porträt eines Gottes zeichnen, der ein liebender Vater ist. William P. Young ist theologisch offensichtlich gut gebildet, aber er lässt es sich kaum anmerken. Die Leser werden nicht mit religiösem Kauderwelsch bombardiert, sondern unmittelbar an die alles entscheidenden Fragen des Lebens herangeführt.

Bevor wir *Die Hütte* genauer unter die Lupe nehmen, möchte ich kurz die Geschichte zusammenfassen. Wer den Roman noch nicht gelesen hat, sollte vielleicht dieses Buch erst einmal beiseite legen und zuerst *Die Hütte* lesen.

Aber Achtung! Ich verrate gleich, wie die Geschichte ausgeht.

Die Geschichte

Der „Held" der Geschichte ist Gott. Aber der Protagonist ist Mack. Wie nur allzu viele andere Menschen hat Mack die Last der *Großen Traurigkeit* zu tragen. Dazu später mehr.

Die Geschichte beginnt mit Macks persönlichem Hintergrund. Seine Kindheit war davon geprägt, dass ihn sein überaus religiöser Vater oft in schlimmster Weise verprügelte. Später ging er eine Zeit lang auf ein theologisches Seminar, konnte mit dem, was er dort lernte, jedoch nicht viel anfangen. Unter anderem wurde ihm dort beigebracht, dass Gott heute nicht mehr redet; nachdem die Bibel geschrieben war, habe er aufgehört, in direkter Verbindung mit Menschen zu stehen, hieß es.

Mack heiratete seine Jugendliebe Nan. Nun leben sie im amerikanischen Staat Oregon und haben fünf „außergewöhnlich schöne Kinder" (*Die Hütte*, S.14). Das jüngste ist Missy, ein niedliches Mädchen, das Mack besonders ans Herz gewachsen ist.

Eines Tages fährt Mack mit seinen drei jüngsten Kindern zum Zelten nach Oregon. Mack und zwei der Kinder kämpfen mit einem gekenterten Kanu auf einem naheliegenden See. In den wenigen Minuten, in denen Mack abgelenkt ist, verschwindet Missy. Fieberhaft suchen Mack und die anderen Camper nach dem Mädchen und finden schließlich Hinweise darauf, dass sie gekidnappt wurde. Und dann wird Missys blutverschmiertes Kleid in einer alten Hütte in der Nähe des Sees gefunden. Obwohl nie eine Leiche auftaucht, ist klar, dass Missy ermordet wurde.

Die *Große Traurigkeit* legt sich auf Mack. Er verfällt in eine tiefe Depression, in der er abwechselnd Gott und sich selbst für Missys Tod verantwortlich macht. Doch eines Tages liegt ein Zettel in seinem Briefkasten. Darauf steht:

Mackenzie,

es ist eine Weile her. Ich vermisse Dich.
Ich bin am nächsten Wochenende bei der Hütte,
wenn Du mich treffen möchtest.

Die Notiz ist unterzeichnet mit „Papa" – die Anrede, die Macks Frau Nan am liebsten für Gott benutzt.

Mack ist zuerst äußerst argwöhnisch und befürchtet, dass er einem schlechten Scherz auf den Leim gegangen ist oder die Notiz womöglich von Missys Mörder stammt. Doch in seiner Verzweiflung ist er bereit, alles zu versuchen. Heimlich macht sich Mack auf zu der Hütte, in der man Missys blutiges Kleid gefunden hatte – dem Ort des Grauens.

In der Hütte begegnet Mack dann tatsächlich Gott – in Form einer vergnügten, beleibten, farbigen Frau, die sich verwirrenderweise „Papa" nennt. Außerdem erwarten ihn dort ein freundlicher Zimmermann – Jesus –, und eine ätherische Dame namens Sarayu, die eindeutig der Heilige Geist ist. Mack und die Drei verbringen das ganze Wochenende zusammen. Papa, Jesus und Sarayu führen mit Mack unvergessliche Gespräche darüber, warum Menschen schreckliche Dinge widerfahren und was Gott damit zu tun hat. Sie hacken Holz, erkunden gemeinsam die Schönheit von Gottes Schöpfung, lachen und weinen zusammen, liegen nachts auf dem Bootssteg und blicken zum Sternenhimmel auf, und sie machen lange Wanderungen, die sie auch an bestürzende Orte führen.

Nach langen, schmerzvollen, aber auch aufschlussreichen Gesprächen mit Gott darf Mack Missy durch einen Wasserfall hindurch sehen. Gott macht sozusagen den Vorhang zwischen der Erde und dem Paradies dünn, damit sie sich sehen, auch wenn sie sich nicht berühren oder miteinander reden können. Mack darf erkennen, wie glücklich Missy dort ist, und Gott sichert ihm zu, dass er selbst in ihrer dunkelsten Stunde bei ihr war und dass es ihr an nichts fehlt.

In einer weiteren „Vorhangszene" begegnet Mack seinem einst boshaften Vater, und geprägt durch die Begegnung und die Gespräche mit Gott kann Mack ihm endlich alles vergeben.

Schlussendlich nimmt Gott Mack auf eine lange Wanderung mit, um ihm Missys Leichnam zu zeigen. Gemeinsam bergen sie Missys sterbliche Überreste aus der Höhle, in der der Mörder sie versteckt hatte, und setzen sie in einem von Jesus angefertigten Sarg bei. Auch dadurch kann Mack endlich mit der schrecklichen Geschichte von Missys Ermordung abschließen. Die Last der *Großen Traurigkeit* hebt sich von seinen Schultern.

Mack kehrt von diesem außergewöhnlichen Wochenende zurück und erzählt seiner Frau davon. Nan, eine tiefgläubige Frau, ist zwar überrascht, glaubt ihm jedoch. Mit Hilfe eines befreundeten Polizisten bergen sie Missys Leichnam, um ihr eine angemessene Beerdigung geben zu können. Das wirft die Frage auf: Warum war der Leichnam von Missy wieder in der Höhle, wo doch Gott und Mack ihn bereits geborgen hatten? Das lässt Macks Erfahrung eher wie eine Vision oder einen Traum erscheinen. Aber offenbar soll es weder das eine noch das andere sein.

Die Hütte klingt wahr

Ich halte *Die Hütte* für mehr als nur einen „religiös angehauchten" Roman; die Geschichte ist wahr. Nicht in dem Sinne, dass die dort beschriebenen Dinge tatsächlich passiert sind, sondern dass das Buch sehr treffend beschreibt, was in zerbrochenen Menschen vorgeht und was die Bibel zu den entscheidenden Fragen des Lebens sagt.

Ähnlich wie die biblischen Gleichnisse vom verlorenen Sohn oder vom barmherzigen Samariter hat uns *Die Hütte* etwas zu sagen. Das Buch möchte uns dazu ermutigen, Gott zu vertrauen, auch wenn das Leben schwer ist. Es birgt sehr viel Wahrheit über das Wesen Gottes und seine Beziehung zu einer Welt, die voller Schmerz und Elend ist. Es erklärt uns, dass das Leben grausam ist, Gott aber nicht. Unzähligen Menschen stoßen jeden Tag unglaublich schreckliche Dinge zu. Trotzdem hat es Gott nicht auf uns abgesehen, und selbst inmitten des größten Schmerzes, den man sich nur vorstellen kann, ist er da.

Für mich klingt *Die Hütte* wahr, weil das, was darin steht, mit meiner eigenen Erfahrung übereinstimmt. Auch ich kenne die *Große Traurigkeit*, und ich habe Gott oft dafür verantwortlich gemacht, mich von ihm abgewandt und verzweifelt nach dem Warum gefragt. Gott ist dennoch gut zu mir gewesen und hat mich sanft aus der dunklen Seelennacht herausgeholt – mehrmals! Einmal durfte ich dabei auch direkt seine Stimme vernehmen.

Auch ich wurde von meinem Vater misshandelt. Er war Pastor, und alle hielten ihn für einen wunderbaren Mann Gottes. Aber ich wusste es besser. Er war ein böser Mensch, zumindest in seinen späteren Jahren. Zwar hat er mich nie geschlagen, aber das hätte die Situation auch nicht schlimmer gemacht. Er hat schreckliche, erniedrigende, demütigende Dinge zu mir gesagt und mich im Grunde verstoßen. Als ich einmal einschritt, um ihn davor zu bewahren, ins Gefängnis zu kommen, sagte er mir sogar, ich solle aus seinem Leben verschwinden und ihn in Ruhe lassen. Trotz meiner Warnungen ist er dann tatsächlich im Gefängnis gelandet. Und er hat *mir* die Schuld dafür gegeben, obwohl ich nicht das Geringste damit zu tun hatte.

Seine Probleme und Übergriffe erstreckten sich mit Unterbrechungen über einen Zeitraum von 25 Jahren und ruinierten meine Familie vollkommen. Das zerriss mich innerlich dermaßen, dass ich fast meinen Glauben an Gott verlor. Ich begann, Gottes Güte anzuzweifeln. Ich begann mich zu fragen, ob er überhaupt etwas mit meinem Leben zu tun hatte. Warum ließ er zu, dass mir und meiner Familie solche Sachen zustießen? Ich hatte besonders zu kämpfen, weil mein Vater und ich zusammen im vollzeitlichen Dienst gestanden hatten: Einige Jahre lang war ich sein zweiter Pastor gewesen. Ich habe ihm bedingungslos vertraut. Für mich verkörperte er gewissermaßen Gott. Doch er entpuppte sich als Heuchler und Übeltäter.

Ich möchte meine Erlebnisse nicht mit denen von Mack gleichstellen. Das, was Mack erleiden musste, übersteigt meine Vorstellungskraft. Wahrscheinlich kann so eine Situation nur jemand verstehen, dessen eigenes Kind gestorben ist. Eine vage Vorstellung davon habe ich jedoch auch. Als unsere Tochter vier Jahre alt war, dachten wir nämlich, dass jemand sie gekidnappt hätte, und das waren die schrecklichsten Minuten meines Lebens. Ich war außer mir. Und instinktiv wurde mir sofort klar: Wenn ihr etwas zugestoßen war, würde ich mir das nie verzeihen und nie wieder Freude am Leben haben.

Wie sich herausstellte, war sie nur aus dem Hof unseres Miethauses gewandert und hatte sich auf dem Parkplatz hinter einem Müllcontainer versteckt. Sie bekam mit, dass ich wie ein Wahnsinniger herumrannte und ihren Namen brüllte. Das machte ihr wohl Angst, so dass sie nicht herauskam. Ich hämmerte an Türen und flehte Nachbarn und Wildfremde an, mir bei der Suche zu helfen.

Nach endlosen Minuten gab ich es auf, griff zum Telefon und rief die Polizei an. Genau in dem Moment erschien ein Mann, der wie ein Motorradrocker aussah. Er war so ein Typ, bei dem man lieber die Straßenseite wechselt, um ihm nicht zu nahe zu kommen. Der Mann trat mit meiner Tochter im Arm auf den Hof und fragte laut: „Gehört dieses Mädchen hier irgendjemandem?" An mehr kann ich mich nicht erinnern. Ich weiß nicht einmal, ob ich mich bei ihm bedankt habe oder nicht. Ich habe ihm einfach nur die Kleine vom Arm genommen und sie in unsere Wohnung getragen.

Ich bin unendlich dankbar, dass unserer Tochter nichts zugestoßen ist und sie von einem netten Menschen gefunden wurde. Durch dieses Erlebnis habe ich eine schwache Ahnung davon bekommen, was Mack durchmachen musste.

16

Die Worte und Taten meines Vaters dagegen waren für mich wirklich verheerend. Sie haben mich innerlich zerbrochen. Mein ganzes Leben danach lief rein mechanisch ab. Nacht für Nacht hatte ich entsetzliche Träume, erfüllt von Angst, Wut und Verwirrung. Eines Tages dann, als ich gerade joggte und betete – ja, ich habe auch inmitten meiner Zweifel und Fragen gebetet – griff Gott ein. Völlig unerwartet, ohne Vorbereitung oder Warnung, sprach Gott in mein Leben hinein. Instinktiv wusste ich, dass er es war. Ich hörte nicht wirklich eine Stimme, aber das brauchte ich auch gar nicht. Die Details lasse ich jetzt mal weg. Es genügt zu sagen, dass mich die Begebenheit und ihre Folgen überzeugt haben: Gott war immer noch überaus lebendig, und er hat ein persönliches Interesse an meinem Leben.

Deshalb habe ich keine Mühe, Macks Geschichte zu glauben. Ich weiß, dass Gott auch heute noch zu Menschen spricht. Ich weiß, wie sich die *Große Traurigkeit* anfühlt. Und das meiste davon, was Gott Mack sagt, stimmt voll mit dem überein, was ich durch das Studieren der Bibel und meine eigenen Erfahrungen mit Gottes Gnade gelernt habe.

Gott vertrauen lernen

Ich bin überzeugt: William P. Young selbst oder jemand, der ihm nahe steht, hat ein furchtbares, unbeschreiblich schlimmes Erlebnis gehabt. Diese Person hatte zwar ein theologisches Seminar besucht, doch das hatte ihn nicht auf das vorbereitet, was passierte. Sein Vertrauen zu Gott zerbrach, aber er versuchte verzweifelt, an Gott festzuhalten. Dabei merkte er gar nicht, dass Gott in Wirklichkeit an *ihm* festhielt. Er bemühte sich, die *Große Traurig-keit* zu verstecken, doch seine Frau und andere ihm nahe-stehende Menschen konnten sie sehen. Doch sie wussten nicht, wie sie ihm helfen sollten.

Dann griff Gott ein. Natürlich weiß ich es nicht genau, aber irgendetwas muss diesem Mann widerfahren sein, wodurch er ein tiefes Verständnis von Gottes Wesen und Wegen gewann. Das erneuerte sein Vertrauen zu Gott und machte ihn sicher, dass etwas Gutes aus der *Großen Trau-rigkeit* erwachsen würde, egal wie schrecklich das Ereig-nis dahinter war.

Mir ist immer noch nicht klar, wie Gutes aus dem Zerbruch meiner Familie entstehen soll. Mack ist das auch nicht klar. Wir beide sind Gott auf eine völlig neue Weise begegnet und haben gemerkt, dass Gott trotz allem weiß, was er tut. Also können wir ihm vertrauen. Damit will ich nicht sagen, dass Gott Böses erdenkt oder Leid plant und es uns dann auferlegt. Das ist nicht die Bot-schaft des Buches, und das ist auch nicht das Fazit meiner eigenen Lebensgeschichte. Vielmehr weiß Gott, warum er schreckliche Dinge zulässt, und er ist nicht fern von uns, wenn sie geschehen. Obwohl die schlechten Ereig-nisse in sich nicht gut sind, kann Gott Gutes durch sie bewirken.

Die Hütte beinhaltet derart wichtige Wahrheiten, dass Gott meiner Meinung nach das Buch benutzen kann, um Menschen von der *Großen Traurigkeit* zu befreien. Der Autor hat es ganz gewiss in der Hoffnung geschrieben, dass Gott tiefe Wunden des Misstrauens heilt und Men-schen zu ihm zurückbringen wird.

Die Hütte und die Bibel

Die Hütte vermittelt fundamentale Wahrheiten über Gott, die biblisch sind. Es gibt auch ein paar Aspekte in der Geschichte, mit denen ich nicht übereinstimme. Hier und da habe ich einige Kleinigkeiten entdeckt, die nicht zu den Buchcharakteren zu passen scheinen. Einige der Aussagen, die Young Gott in den Mund schiebt, würde ich so nicht formulieren. Ich finde nicht, dass sie die Botschaft des Buches völlig untergraben, aber man sollte sie mit einem Fragezeichen versehen. Doch nichtsdestotrotz kann uns die Geschichte sehr viel bringen.

In diesem Buch werde ich mich auf einige der Hauptthemen in *Die Hütte* konzentrieren. Die Frage, die in jeder Kapitelüberschrift gestellt wird, ist ein Sprungbrett für mehrere Schlüsselthemen. Da ich Theologe bin, kann ich nicht anders, als anhand der Konzepte und Ereignisse in *Die Hütte* auf die Grundlagen des christlichen Glaubens hinzuweisen. Ich möchte untersuchen, warum die meisten der kontroversen Konzepte im Buch stimmig sind und manche nicht.

Welches Kriterium benutze ich, um zu entscheiden, ob etwas, das Gott in *Die Hütte* sagt, theologisch korrekt ist oder nicht? Ich nehme nicht die Bibel und suche nach einzelnen Versen, um etwas zu beweisen. Das funktioniert selten, weil man zu fast allen strittigen Themen einen widersprechenden Beweistext finden kann. Außerdem ist das Wesen Gottes nicht zu erkennen, indem wir Listen mit Beweistexten zusammenstellen. Die Bibel in ihrer Gesamtheit ist ein lebendiges Kunstwerk voller scheinbarer Widersprüche und sie rein faktisch betrachten zu wollen, funktioniert einfach nicht.

Wer ist der Gott der Bibel? Ich denke, Jesus ist der

beste Anhaltspunkt dafür, wer Gott ist und welche Eigenschaften er hat, auch wenn Jesus nicht alles ist, was es über Gott zu sagen gibt.

Ich werde mich häufig panoramaartig auf die Bibel beziehen, wenn es darum geht, eine bestimmte Aussage in *Die Hütte* zu bewerten. So werde ich an einigen Stellen den Standpunkt einnehmen, dass bestimmte Aussagen in *Die Hütte* nicht recht zum Panorama der Bibel passen. Gleichzeitig baut *Die Hütte* aber als Gesamtwerk ganz klar auf einer theologisch völlig unstrittigen Sicht des biblischen Gottes auf, auch wenn nie direkt die Bibel zitiert wird.

Wo ist Gott, wenn unschuldige Menschen leiden?

Wenn einem Menschen ein schreckliches Unglück widerfährt, sagen manche Leute Dinge wie: „Das liegt alles in Gottes Hand", oder: „Gott hat es so gewollt." Wenn ein alter Mensch schmerzlos dahinscheidet, mögen solche Aussagen vielleicht noch einen Sinn ergeben. Aber was ist mit dem grausamen, qualvollen, langsamen Tod eines Kindes mit Leukämie? Oder wie steht's mit Opfern von Vergewaltigung und Gewaltverbrechen? In solchen Fällen drehen leicht dahingesagte Plattitüden den Betroffenen oder Hinterbliebenen das Messer in der Wunde herum. *Die Hütte* gibt keine solchen billigen Antworten, sondern malt ein Bild von Gottes Wirken, das plausibel, tröstlich und biblisch ist.

Das Problem des Bösen

In der gesamten Menschheitsgeschichte haben sich kluge Köpfe immer wieder über den Charakter Gottes und das Problem des Bösen Gedanken gemacht: Wenn Gott absolut gut ist und absolute Macht hat, müsste er doch dem Bösen ein Ende bereiten wollen. Aber das Böse gibt es immer noch. Deswegen muss Gott entweder nicht absolut gut sein oder keine absolute Macht haben – oder er existiert überhaupt nicht. Jemand hat dies einmal den

„Grundpfeiler des Atheismus" genannt, weil angesichts des Bösen in der Welt Gottes Existenz immer wieder stark in Zweifel gezogen wurde und wird, gerade in unserer Zeit.

Die Hütte geht das Problem des Bösen frontal an. Es ist eine Sache, sich abstrakte Gedanken über das Böse zu machen. Es ist etwas ganz anderes, am eigenen Leib etwas Schreckliches zu erleben und das dann mit Gottes Güte und Macht in Einklang zu bringen. Mack lässt in *Die Hütte* seinen Zorn über Missys Ermordung tief in sich hinein dringen. Das kann ich ihm nicht verdenken. Ich habe schon besonders fromme Prediger sagen hören, dass wir Gott auch und besonders danken sollen, wenn uns Unheil widerfährt. Das sei alles Teil seines großen Plans. Bei solchen Aussagen läuft es mir kalt über den Rücken. Ich frage mich, ob jemand, der so etwas sagt, schon einmal etwas durchmachen mussten, das mit Macks Verlust vergleichbar ist.

Allerdings bin ich tatsächlich schon einem Mann begegnet, der einen entsetzlichen Verlust erlebt hat und darin etwas Gutes gesehen hat. Er erzählte, dass sein Sohn bei einem Unfall beim Bergsteigen ums Leben gekommen war, und nur der Glaube, dass Gott vielleicht einen Grund dafür hatte, habe ihn vor völliger Verzweiflung bewahrt. Vor diesem Hintergrund sei der Tod seines Sohnes nicht einfach nur ein grausamer Zufall gewesen, sondern habe vielleicht einen Sinn gehabt.

Aber wenn nun der Tod seines Sohnes langsam und qualvoll gewesen wäre? Wenn sein Kind gekidnappt und von einem sadistischen Mörder umgebracht worden wäre? Würde ein liebender Gott wirklich so etwas Schreckliches planen und geschehen lassen? *Die Hütte* nimmt diesen schlimmsten Fall an, weil so etwas tat-

sächlich vorkommt. Und wenn das passiert, wo ist Gott
dann?

Einige Jahre nach dem Gespräch mit besagtem Vater
habe ich einen christlichen Philosophen über den Tod seinen Sohnes reden hören. Er sagte, er habe vorher auch zu
der Fraktion gehört, die die Opfer von schlimmen Erleb-
nissen mit flachen Sprüchen wie „Das gehört alles zu
Gottes Plan" abgespeist hatten. Während er am Grab seines Kindes stand, schwor er sich: *Nie wieder werde ich
einem Vater oder einer Mutter, deren Kind gestorben ist,
eine Aussage antun wie: „Gott hat es so gewollt. "*

Von Gott enttäuscht

Macks *Große Traurigkeit* ist vollkommen nachvollzieh-
bar; ebenso wie die Tatsache, dass er von Gott enttäuscht
ist. Mack fragt: „Gott, wie konntest du das zulassen?"
Später klagt er Gott sogar an: „Wenn du Missy nicht beschützen konntest, wie kann ich dann darauf vertrauen,
dass du mich beschützen wirst?" (*Die Hütte*, Seite 104).
Dann äußert er die stärkste Anklage überhaupt: „Es ist
deine Schuld."

Vielleicht schrecken wir vor so einer Aussage zurück.
Hat ein Mensch überhaupt das Recht, Gott anzuklagen?
Aber die Psalmen sind voll von solchen Anklagen. In
Psalm 77 beispielsweise schlägt der Autor förmlich ver-
bal auf Gott ein. Sicher, zwischendurch scheint er sich zu
besinnen und drückt auch sein Vertrauen auf Gottes Güte
aus, aber er hat eindeutig tiefe Zeiten der Verzweiflung
durchgemacht.

Die Hütte stellt Mack als einen Durchschnittsmenschen dar. Er ist weder ein Heiliger noch ein besonders

schlimmer Sünder. Er steht für Sie und mich. Sein Schmerzensschrei und seine Anschuldigungen gegen Gott sind einfach menschlich.

Der Autor von *Die Hütte* möchte die Hoffnung vermitteln, dass Gott doch gut ist. Doch zuerst kommt die *Große Traurigkeit*, die abgrundtiefen Zorn auf Gott mit einschließt. Und das darf sein, auch wenn man dabei nicht stehen bleiben sollte.

Sicherlich gibt es Menschen, die es grundsätzlich für falsch halten, Gott zu hinterfragen oder wütend auf ihn zu sein. Aber was ist dann mit Hiob? Zwar weigert sich Hiob, dem Ratschlag seiner Frau zu folgen und Gott zu verfluchen, obwohl er das schlimmste nur denkbare menschliche Leid durchleidet. Aber lautet die Moral der Geschichte deswegen, dass wir nie an Gott zweifeln dürfen? Nein. Sich von Gott abzuwenden ist eine Sache. Es ist etwas ganz anderes, an ihm zu zweifeln oder wütend auf ihn zu sein – denn auch das ist Beziehung. So intensiv setzt man sich nur mit einer Person auseinander, die einem wichtig ist. Und genau darum geht es Gott. Gott bestraft Hiob nicht für seinen Zorn; er antwortet ihm und seinen Freunden aus einem Wirbelsturm heraus einfach: „Du kennst mich und meine Wege nicht."

Genau das Gleiche sagt auch *Die Hütte*. Gott erklärt Mack mehrmals, dass Mack mit seiner irdischen Perspektive seine Wege unmöglich verstehen kann. Gott bietet Mack auch so etwas wie eine Erklärung. (Das werden wir in Kapitel 5 weiter erörtern.)

Macks Gefühle sind nicht das letzte Wort; sie sind aber nun einmal da, und es würde niemandem helfen, wenn Mack sie einfach unterdrücken oder leugnen würde. Tatsache ist, dass auch in der Bibel viele Autoren Zweifel, Unverständnis und Zorn über Gottes Entscheidungen

24

empfinden und zum Ausdruck bringen. Gott hält das aus. Er wird uns für derartige Gefühle nicht bestrafen. Die Botschaft von *Die Hütte* lautet aber auch, dass wir in dem Zorn, den wir Gott gegenüber verspüren, nicht stecken bleiben müssen.

Gott leidet mit uns

Wo ist Gott, wenn Menschen leiden? *Die Hütte* zufolge leidet Gott mit uns. Der Gott in *Die Hütte* ist so ganz anders als der weißbärtige alte Mann des Volksglaubens oder der distanzierte Gott der Theologie. Der klassische Theismus liefert eine hoch philosophische Beschreibung Gottes. Über diesen Gott wird beispielsweise gesagt, dass er sich nicht verändern oder leiden kann. Natürlich ist Gott unveränderbar in dem Sinne, dass ihn niemand und nichts zu einer Veränderung zwingen kann. Und Gott ist unfähig zu leiden in dem Sinne, dass niemand Gott Leid zufügen kann. Aber das meinen die Theologiebücher nicht.

Der Gott der Theologie ist oft irgendwie leidenschaftslos, wogegen der Gott der Bibel voller Leidenschaft ist. Glauben wir wirklich, dass Gott nicht gelitten hat, als sein Sohn am Kreuz starb? Welcher Vater könnte seinem Sohn bei so einer grausamen Hinrichtung zusehen, ohne dass sein Herz bricht?

William P. Young möchte uns Gott wie einen perfekten Vater oder eine perfekte Mutter vorstellen. Ohne Frage hat Gott erheblich mehr Macht und Möglichkeiten als menschliche Eltern, aber er fühlt nicht weniger für seine Kinder, als gute Eltern das tun. Philosophisch-abstrakt gesehen mag es irgendwie logisch scheinen, dass Gott nicht leiden kann, aber biblisch gesehen macht das keinen Sinn.

Wo war Gott, als Missy gekidnappt und ermordet wurde? In *Die Hütte* sagt Gott: „Mack, sie war nie allein. Ich habe sie nie verlassen. Keine Sekunde haben wir sie verlassen" (S. 198). Gott erklärt nicht, in welcher Form genau er bei ihr war, aber das macht nichts. Es hilft Mack zu wissen, dass Missy nicht allein gelitten hat und gestorben ist. Das liebevollste und mächtigste Wesen auf der ganzen Welt war bei ihr und trug sie hindurch.

Weiter erfährt Mack: „Papa ist in deine Welt gekommen, um bei dir zu sein" (S. 189). Der Gott in *Die Hütte* ist keine ferne, herrische Gottheit, die uns zu irgendeinem höheren Zweck Schmerzen zufügt, ohne selbst Gefühle zu empfinden; Gott ist hier bei uns wie ein guter Vater und eine gute Mutter. (Einige werden gegen die Erscheinungsform Gottes in *Die Hütte* Einspruch erheben; in Kapitel 3 wollen wir uns diesen Punkt genauer ansehen.)

Als ich 10 Jahre alt war, verbrachte ich den Großteil des Sommers im Krankenhaus. Mir wurde gesagt, ich müsse absolut still liegen, sonst könnte ich sterben. In mir steckten so viele Nadeln, dass ich mir wie ein Nadelkissen vorkam. Und meine Gelenke taten mir schrecklich weh! Ich hatte ein sehr schlimmes rheumatisches Fieber, das aus einer Streptokokkeninfektion entstanden war. Eine Woche, bevor es ausbrach, hatte der Arzt mir Penizillin verschrieben, doch meine Stiefmutter hatte vergessen, das Rezept einzulösen. Nun kam diese sehr unvollkommene Stiefmutter jeden Tag und saß stundenlang an meinem Bett. Sie hat mir vorgelesen, mit mir geredet und jede Menge Trost gespendet, einfach indem sie da war. Emotional und vielleicht auch körperlich ging es mir viel besser, weil ich diese aufopferungsvolle Person an meinem Bett hatte. Und ganz sicher ist Gott fürsorglicher als meine Stiefmutter!

In dem Buch *Die Nacht* (Herder Verlag 2008) erzählt Elie Wiesel von einer Hinrichtung in einem Nazi-Konzentrationslager. Die Gefangenen mussten zuschauen, wie ein kleiner Junge gehängt wurde. Das Kind wog so wenig, dass sein Genick durch den Ruck am Seil nicht brach, sondern es langsam erstickte. Während der Junge qualvoll zu Tode gewürgt wurde, rief ein Gefangener aus: „Wo ist Gott?" Eine Stimme aus der Menge erwiderte: „Dort am Galgen." Wenn Gott nicht leiden kann, gibt es auf diese Frage keine angemessene Antwort. Wo sonst sollte Gott sein als dort am Galgen oder bei Missy in der Hütte, wenn er wie ein vollkommener Vater oder wie eine perfekte Mutter ist?

Das Böse und der freie Wille

Das ist aber nicht das Ende der Geschichte. Wäre es das, dann würde es wenig Hoffnung bieten. Ein verständnisvoller Mitleidender ist nicht viel besser als ein Gott, der unseren Schmerz nicht spüren kann. Allerdings sind das nicht die beiden einzigen Möglichkeiten. In *Die Hütte* erklärt Gott Mack, dass er nichts tun konnte, um Missys Leid und Tod zu verhindern.

Bevor wir versuchen zu verstehen, warum Gott das gesagt hat, müssen wir uns anschauen, in welcher Lage sich die Menschheit befindet. Laut *Die Hütte* (und wir sehen das jeden Tag in den Nachrichten bestätigt) ist diese Welt zerrüttet und zerbrochen. Sie ist kein schöner Platz. Die Welt ist ein Ort, in der Übeltäter wie Missys Mörder

Kindern auflauern, sie vergewaltigen und töten. Die Welt ist voller Sünde und Abgründe. Aber hat Gott das so *geplant*? *Macht* Gott das? Darauf lässt sich mit einem ausdrücklichen Nein antworten. Das Böse, so erklärt Gott Mack in *Die Hütte*, ist wegen des menschlichen Strebens nach Macht und Unabhängigkeit in der Welt.

Gottes Erwiderung auf Macks Anklage, dass Gott nichts gegen Missys Schicksal unternommen habe, ist durch und durch biblisch und stimmt auch mit meiner Erfahrung überein. In Römer 1 sagt Paulus, dass wir Menschen gern unsere eigenen Wege gehen. Gott lässt uns das auch tun, was zu Tod und Zerstörung führt. *Die Hütte* macht klar: Wir handeln gern unabhängig von Gott, was darauf hinausläuft, uns selbst zu Göttern zu machen. Das Böse wurde nicht von Gott geplant oder gemacht, sondern ist die Folge unserer Rebellion. (Mehr über den freien Willen, die Sünde und das Böse in Kapitel 4.)

Jesus erklärt Mack, welche Auswirkung die menschliche Unabhängigkeitserklärung Gott gegenüber auf die ganze Welt gehabt hat: „Unsere Erde ist wie ein Kind, das ohne Eltern aufwuchs. Es war niemand da, der es erziehen konnte (...). Manche haben versucht, ihr zu helfen, aber von den meisten wurde sie nur missbraucht. Die Menschen, deren Aufgabe es doch eigentlich ist, die Welt liebevoll zu regieren, plündern sie stattdessen rücksichtslos aus und denken nur an ihren momentanen Vorteil und nicht an die Zukunft ihrer Kinder, die diesen Mangel an Liebe erben werden. Also missbrauchen sie die Erde, und wenn sie dann erzittert oder ihren heißen Atem ausstößt, sind sie beleidigt, schimpfen und klagen und geben Gott die Schuld" (S. 165).

Mit anderen Worten, unsere Rebellion gegen Gott hat einen Fluch auf die Schöpfung gelegt. Das Böse, die

Unmenschlichkeit und das Leid Unschuldiger gehören zu diesem Fluch dazu.

Aber warum bringt Gott die Welt nicht wieder in Ordnung? Warum hebt er den Fluch nicht auf? Die Antwort in *Die Hütte* läuft darauf hinaus, dass Gott uns die Erde anvertraut hat. Er hat uns auch den freien Willen geschenkt und lenkt uns nicht wie Marionetten. Diesen freien Willen verletzt er nicht, weil Liebe anderen ihren Willen nicht aufzwingt.

Die Antwort in *Die Hütte* auf das Problem des Bösen ist ganz eindeutig der freie Wille. Gott liebt die Menschen so sehr, dass er uns die Wahl überlässt, ihn zu lieben oder auch nicht. Wir haben uns frei entschieden, von Gott unabhängig zu sein. Das Resultat davon sehen wir täglich in den Nachrichten. Das ist alles von uns gemacht, nicht von Gott. Aber Gott ist trotzdem nicht fern. Er ist so barmherzig, bei uns zu bleiben und Gutes aus all dem Bösen zu wirken. Immer hofft er, dass wir eines Tages einsehen, wie sehr wir ihn brauchen, und anfangen, nicht mehr uns selbst zu vertrauen, sondern ihm.

In einer der kraftvollsten Aussagen in *Die Hütte* sagt Sophia, die eine Personifizierung von Gottes Weisheit ist, dass Gott viele Ursachen für Schmerz und Leid zulässt, obwohl sie ihm genauso viel Schmerz und Leid bringen. Wir haben auf unsere Unabhängigkeit bestanden, und nun sind wir zornig auf Gott, weil seine Liebe zu uns so groß ist, dass er uns das gibt, was wir wollten. Sophia erklärt Mack, dass momentan nichts so ist, wie es sein sollte. Die Welt ist ernstlich verbogen, doch eines Tages wird sie wieder heil werden. In dieser gefallenen Welt, die im Chaos und Dunkel treibt, widerfahren Menschen, die Gott liebt, schreckliche Dinge. Mack erhebt heftigen Widerspruch: „Warum macht er dann nichts dagegen?"

Sophia entgegnet: „Er wählte den Weg des Kreuzes, bei dem, durch die Liebe motiviert, Gnade über Gerechtigkeit triumphiert" (S. 189).

Mit anderen Worten, Gott könnte dem Bösen ein Ende bereiten, aber dafür müsste er das Geschenk des freien Willens zurücknehmen. Zumindest vorläufig respektiert Gott unseren Wunsch nach Unabhängigkeit, und er benutzt die Kraft des Mitleids und der Gnade, um uns zu ihm zurückzubringen. Wenn er von sich aus allem Bösen Einhalt gebieten würde, wären wir Menschen nicht frei.

Das Böse ist ein Geheimnis, das wir nie ganz verstehen werden. Der freie Wille ist nicht das letzte Wort, wenn es um Gottes Wirken in dieser Welt geht. Manchmal greift Gott tatsächlich ein, um böse Taten zu verhindern oder sich gegen sie zu stellen, aber meistens tut er es nicht. Gott sagt Mack, dass die Gründe dafür in den Besonderheiten jeder einzelnen Situation liegen und wir diese unmöglich begreifen können. *Die Hütte* deutet an, dass Gott sich an bestimmte Regeln hält, die festlegen, wie stark und wie oft er eingreifen kann, ohne dadurch unseren freien Willen auszulöschen.

Die letztgültige Antwort auf das Leid ist Hoffnung. Im Buch weist Gott immer wieder in die Zukunft. Zum Beispiel sagt er zu Mack: „Wenn du doch nur sehen könntest, wie all das enden wird und was wir erreichen werden, ohne den freien Willen eines einzigen Menschen zu verletzen, dann würdest du verstehen! Eines Tages wirst du es verstehen" (S. 143). Das Böse sei nicht zu rechtfertigen, sagt Gott Mack, nur zu erlösen.

Die Sichtweise von Gottes Beziehung zum Bösen, zu der uns *Die Hütte* einlädt, ist die einzige, die uns wirklich Hoffnung gibt und die Geschichte von Jesus einleuchtend macht. Obwohl es Bibelstellen gibt, die darauf anspielen, dass Gott Unheil über Menschen bringt (Jesaja 45,7), müssen wir solche alttestamentlichen Stellen im Hinblick auf Jesus betrachten, der unser deutlichster Hinweis auf das Wesen Gottes ist. Ja, Gott lässt Unheil und unschuldig erlittenes Leid zu. Aber können wir uns Jesus vorstellen, wie er den Mord an einem Kind plant und dann darauf achtet, dass er auch ausgeführt wird? Das bezweifle ich doch stark.

Die Art, wie *Die Hütte* das Problem des Bösen und des Leids in der Welt angeht, trägt gewaltig dazu bei, mich von Gottes Güte zu überzeugen. Genau wie der Autor von *Die Hütte* glaube auch ich an einen Gott, der zugunsten unseres freien Willens seine Macht begrenzt; nicht an einen Gott, der insgeheim die Ermordung von Kindern ausheckt. Warum? Nicht weil mich das tröstet, sondern weil es zum Wesen von Jesus passt, der Gottes Charakter vollkommen widerspiegelt.

Eine Alles-oder-Nichts-Klausel?

Allerdings bin ich nicht davon überzeugt, dass Gott niemals den freien Willen des Menschen verletzt. Ich sehe es auch so, dass Gott nicht einfach von sich aus dem Bösen Einhalt gebieten kann, ohne dadurch auch vielem Guten Einhalt zu gebieten. Gott hat uns die schwierige Gabe des freien Willens geschenkt und sie nicht zurückgenommen. Noch nicht. Dafür hat er seine Gründe, die er uns eines Tages erläutern wird. Aber bis dahin sehe ich das Ganze nicht als eine Alles-oder-Nichts-Klausel.

Manchmal scheint Gott den freien Willen außer Kraft zu setzen. Zum Beispiel war Saulus gerade auf dem Weg nach Damaskus, um dort Christen zu verfolgen, als Gott

ihn vom Pferd stürzen ließ und sich ihm auf eine so un-
missverständliche Art und Weise offenbarte, dass Saulus
einfach nicht weitermachen konnte wie zuvor. Aus
Saulus wurde der Apostel Paulus (Apostelgeschichte 9).
Mir kommt es so vor, als habe Gott Paulus' freien Willen
hier durchaus umgangen und ihn sozusagen zu seinem
Glück gezwungen. Ich habe auch schon an anderen Stellen mitbekommen, dass Gott manchmal Menschen dazu
nötigt, etwas zu begreifen oder etwas Gutes zu tun. Dagegen bin ich mir vollkommen sicher, dass der Gott der
Bibel nie jemanden dazu bringen würde, Böses zu tun.

Ich frage mich auch, wie Gott schlussendlich dem
Bösen ein Ende bereiten und diese Welt erlösen wird,
ohne den Willen des ein oder anderen zu verletzen. Trotzdem stimme ich mit dem Autor von *Die Hütte* überein,
dass Gott normalerweise Leute nicht dazu zwingt, Gutes
oder Böses zu tun; er lässt Böses allerdings geschehen
und ermutigt zum Guten. Das ist das Bild Gottes, wie ich
es in Jesus verkörpert sehe.

Ist Gott wirklich
eine dreiköpfige Familie?

Gottes Erscheinungsbild in *Die Hütte* wird einige Leser unweigerlich überraschen, verwirren und vielleicht sogar entsetzen. Das gilt besonders für Leser, die tief in den offiziellen Lehren der konservativen Kirchen verwurzelt sind. Ich bin in einer Kirche groß geworden, in der es nicht so sehr auf die „richtige" Lehre ankam; wir schwelgten in Gefühlen und ließen uns emotional mitreißen. Trotzdem kannte ich den groben Grundriss des christlichen Glaubens. Ich kann mich zum Beispiel noch an einen Schulfreund erinnern, der zu einer Kirche gehörte, die sich am äußersten Rand des „normalen" Christentums befand. Dort wurde gelehrt, dass Gott drei getrennte Personen ist. Für uns hörte sich das wie die Lehre des Tritheismus an, dem Glauben an drei Götter.

Andere Freunde gehörten zu einer pfingstkirchlichen Randgruppe, wo die Dreieinigkeit ganz angezweifelt wurde. Diese Kirche lehrte, Jesus sei der Vater, der Sohn und der Heilige Geist. Sie glaubten, dass Gott manchmal als Vater erscheint, manchmal als Sohn und manchmal als Heiliger Geist, aber dass Gott nicht gleichzeitig alle drei sein kann. Und wenn Gott als Mensch erscheint, ist er Jesus. Für uns hörte sich das nach Modalismus an: Vater, Sohn und Heiliger Geist seien drei Formen Gottes, der nur eine Person ist.

Wir wussten, was wir *nicht* glaubten. Was unser Glaube

aber nun genau sagte, da waren wir uns nicht immer so sicher. Und als ich älter wurde, merkte ich, dass in meiner Kirche viele verschiedene Sichtweisen über Gott gelehrt wurden, wovon einige sich gegenseitig und der Bibel widersprachen. Einige meiner Sonntagsschullehrer grenzten in ihren Aussagen an den Tritheismus, während andere nah am Modalismus waren. Offiziell glaubte unsere Kirche jedoch an die traditionelle Lehre der Drei-einigkeit, wie sie im Jahre 325 nach Christus beim Kon-zil von Nicäa etabliert wurde. Sie lehrt, dass Gott ein einziges göttliches Wesen und drei verschiedene Perso-nen ist – ein „Was" und drei „Wer".

Darstellungen Gottes

Sicherlich werden viele Leser es gewöhnungsbedürftig finden, wie Gott in *Die Hütte* dargestellt wird. Deswegen gibt es auch konservative Pastoren und Theologen, die das Buch ablehnen. Aber dem kann ich nicht zustimmen. Nachdem ich mir die Sache genau überlegt habe, bin ich zu dem Schluss gekommen: Das Buch ist im Wesent-lichen biblisch korrekt und sogar extrem gut darin, das Nichtdarstellbare darzustellen. Gleichzeitig möchte ich jedoch auch vor möglichen Missverständnissen warnen und auf ein paar Schwachstellen hinweisen.

Die Hütte ist kein Lehrbuch über systematische Theologie; es ist eine Geschichte – wie die Gleichnisse Jesu –, die eine Botschaft über Gott vermittelt. In seinen Gleichnissen hat Jesus Gott als Frau geschildert, die nach einer verlorenen Münze sucht; als einen abwesenden Grundbesitzer, der seinen Sohn schickt, um nach den Pächtern zu schauen; und als einen Hirten, der nach einem Lamm sucht, das sich verlaufen hat. Sind solche Darstellungen Gottes etwa Irrlehren?

Wir werden in unserer Untersuchung der Darstellung Gottes in *Die Hütte* mit ganz Grundsätzlichem anfangen, nämlich der Frage, wer und was Gott ist. Danach kümmern wir uns um die Einzelheiten. Nebenbei werde ich einige Aspekte herausgreifen, die ich für biblisch und theologisch richtig halte, sowie andere, die irreführend sein können.

Wir alle möchten gerne wissen, wie Gott ist. Dazu gibt uns die Bibel viele Bilder:

▷ Jahwe (manchmal falsch übertragen als „Jehovah"), den Kriegsgott im Alten Testament
▷ der liebende Hirte aus Psalm 23
▷ die in Sprüche personifizierte Weisheit
▷ der Engel des Herrn, dem im Alten Testament immer wieder Menschen begegnen und der Gott selbst zu sein scheint
▷ der Vater von Jesus Christus, der auch (auf andere Weise) unser Vater ist
▷ die vielen Gesichter Gottes in Jesu Gleichnissen, einschließlich des Vaters, der auf seinen verlorenen Sohn wartet
▷ der Geist, der in der Schöpfungsgeschichte im Buch Genesis über den Wassern schwebte; die Taube, die bei Jesu Taufe erscheint; die Feuerzungen, die sich zu Pfingsten auf die Jünger setzten; und der von Jesus gesandte „Tröster" und „Beistand"
▷ der König in der Offenbarung, der zurück zur Erde kommt, um Gottes Feinde zu besiegen und das ewige Königreich aufzurichten.

Das sind nur einige der biblischen Darstellungen Gottes. Die traditionelle Theologie hat versucht, sie in einige Grundkonzepte zu vereinheitlichen. Manchmal wurde dieser Versuch vom philosophischen Denken beeinflusst, sowohl zum Guten als auch zum Schlechten. Doch der französische Mathematiker und christliche Denker Blaise Pascal macht die hilfreiche Beobachtung, dass der Gott der Philosophie nicht der Gott Abrahams, Isaaks und Jakobs ist. Zweifellos dachte er dabei an einige der nutzlosen Darstellungen Gottes in der christlichen Theologie. Genau genommen steht in der Bibel nur zweimal, dass Gott etwas „ist": „Gott ist Geist" (Johannes 4,24) und „Gott ist Liebe" (1. Johannes 4,8; 16). Ich denke, wir sollten am besten mit solchen klaren Aussagen beginnen und unser Denken über Gott von ihnen bestimmen lassen.

Gott als liebender Geist

Deswegen wollen wir mit Gott als liebendem Geist anfangen und uns dann andere Beispiele anschauen, die Gott in der Bibel beschreiben. Diese biblischen Definitionen Gottes stecken nämlich hinter den meisten Schilderungen Gottes in *Die Hütte*. Zum Beispiel erklärt Gott Mack, dass Liebe – und Gott *ist* vollkommene Liebe – nie allein existieren kann. Liebe braucht Beziehung. Wenn Gott ein Einzelwesen wäre, könnte er in sich selbst unmöglich vollkommene Liebe sein. Hat Gott die Welt erschaffen, damit er etwas zum Lieben hat? In dem Fall wäre die Schöpfung kein freiwilliger Akt Gottes, da Gott die Welt ja sozusagen bräuchte. Im Grunde würde die Welt Gott begrenzen.

Vielmehr beinhaltet Gottes Liebe die Tatsache, dass Gott mehr als nur ein einzelner Liebender ist. Dieses Konzept, das biblisch und theologisch stimmig ist, bildet die Grundlage von *Die Hütte*. Papa, Jesus und Sarayu bilden einen Kreis der Liebe.

Zweitens versucht *Die Hütte* der biblischen Wahrheit gerecht zu werden, dass Gott Geist ist. Damit meine ich nicht einfach die dritte Person in der Dreieinigkeit, den Heiligen Geist. Genauso wie Gott in sich Liebe ist – sie sein Wesen ausmacht –, ist er auch Geist. *Die Hütte* drückt diese eher abstrakte biblische Wahrheit aus, indem Gott zu Mack sagt: „Ich bin ein Verb" (S. 236).

Allzu oft stellen wir uns Gott als eine Art Objekt vor. *Die Hütte* zeigt Gott als drei unterschiedliche Personen. Doch hinter dieser Symbolik ist Gott lebendig, dynamisch, stets aktiv und in Bewegung. Anders ausgedrückt heißt das: Gott kann man nicht wie einen toten Schmetterling in einem Schaukasten festhalten. Es ist eine Möglichkeit, zu sagen: „Gott ist Geist." Im Gegensatz zu geschaffenen Dingen kann man Gott nicht wiegen, auseinandernehmen, analysieren, definieren oder kontrollieren. Gott ist eine Person. Aber nicht auf die gleiche Weise, wie ein Mensch eine Person ist. Ein Mensch ist auch ein Objekt.

Gott als Geist, das spielt eine ganz zentrale Rolle in der Botschaft über Gott in *Die Hütte*. Mack erlebt Gott als eine gut gelaunte afroamerikanische Frau, einen freundlichen Zimmermann und eine anmutige Asiatin. Man könnte versucht sein, Gott buchstäblich so zu sehen. Der Autor legt Wert darauf, das zu vermeiden; diese drei Personen sind einfach nur die Erscheinungsform, die Gott Mack gegenüber gewählt hat, ähnlich wie die Bilder für Gott in Jesu Gleichnissen.

Hinter diesen Erscheinungsformen ist Gott Geist und Liebe. Eine dynamische, liebende Gemeinschaft, die all unsere irdischen Kategorien sprengt. Wir werden Gott nie ganz gleich sein, aber da wir nach Gottes Bild geschaffen worden sind – ihm ähnlich –, können auch wir in eine wirklich liebevolle Gemeinschaft mit Gott und anderen Menschen kommen.

Gott ist so ganz anders als unsere gängige Vorstellung von ihm. In seinen wichtigsten Zügen ist Gott nicht wie Gandalf aus *Der Herr der Ringe* oder Morgan Freemans Charakter in dem Film *Bruce Allmächtig*. Genau wie wir hat sich Mack trotz seiner theologischen Ausbildung Gott bisher entweder als eine Art sentimentalen Großvater vorgestellt oder als strengen Richter, der uns bestraft.

Die Hütte möchte unseren Kinderglauben über Gott korrigieren und an seiner Stelle biblisch begründetere Bilder stellen. Im Gegensatz zu unseren Vorstellungen, die wir auf Gott projizieren (zum Beispiel unsere ideale Vaterfigur) ist Gott in sich ganz frei von menschlichen Merkmalen.

Unfassbar groß und unfassbar gut

Aber stellt *Die Hütte* Gott nicht doch als Menschen dar – sogar als drei Menschen? Wenn man das Buch genau liest, merkt man, wie falsch diese Auslegung ist. Das Buch weist deutlich darauf hin, dass mit Ausnahme seines Charakters Gott nicht so ist, wie er dort erscheint.

Es ist so, dass *Die Hütte* keinen wirklichen Vergleich zwischen der göttlichen Natur Gottes und der menschlichen Natur zieht. Gott sagt Mack, und damit auch uns: „Ich bin nicht der, für den du mich hältst." Gott ist größer, als wir uns je vorstellen können. Weiterhin sagt Gott: „In meinem Wesen bin ich absolut unbeschränkt, ohne Grenzen" (S. 110).

Einige Leser, einschließlich der Skeptiker und besonders kritischen Theologen, werden diese häufig vorkommenden, klaren Erklärungen sicher übersehen. Dabei gibt sich William P. Young wirklich Mühe, seine Darstellung Gottes in Form von drei menschlichen Individuen nicht als ein exaktes Abbild von Gottes wahrem Wesen zu verkaufen.

Gott ist kein Mensch – außer als er in Jesus Christus auf der Erde war. Gott übersteigt alles. Gott ist Geist. Ein Verb. Ganz anders als jede Kreatur. *Die Hütte* macht das nur allzu deutlich. Und das ist gut so. Immerhin sagt das Alte Testament, Gottes Wege seien nicht unsere Wege und seine Gedanken seien nicht unsere Gedanken (Jesaja 55,8).

Das heißt aber nicht, dass die Darstellung Gottes in *Die Hütte* nicht wahr oder hilfreich ist. Ganz im Gegenteil. Young möchte unser Bild von Gott erweitern. Er möchte, dass wir uns Gott nicht mehr als einen alten Mann mit einem langen Bart vorstellen, der auf einem Thron sitzt und darauf wartet, uns bestrafen zu können, wenn wir etwas falsch machen. Andererseits ist Gott auch keine großväterliche Figur, dessen Liebe für uns so blind ist, dass er uns alles vergibt, ganz gleich, was wir tun. Der Autor möchte uns wissen lassen, wie irreführend diese verbreiteten Gottesbilder sind.

Auf der anderen Seite ist Gott aber auch nicht so andersartig, dass wir keine persönliche Beziehung zu ihm haben könnten. William P. Young möchte in uns den Glauben daran wecken, dass Gott sich brennend für uns interessiert, auch wenn er so ganz anders ist als wir. Jesus wurde grausam hingerichtet, um uns vom Bösen zu befreien. Anders gesagt ist der Gott in *Die Hütte* sowohl unfassbar groß als auch unfassbar gut. Wenn wir meinen, wir hätten Gott durch ein menschliches Bild eingefangen, sollten wir uns vor Augen halten, dass er unser Bild meilenweit sprengt. Aber wenn wir das Gefühl haben, Gott überrage uns so weit, dass wir keine Beziehung mit ihm haben können, dürfen wir erfahren, dass er viel zu gut ist, um es dabei zu belassen.

Was können wir also laut *Die Hütte* über Gott wissen und verstehen? In der Romandarstellung Gottes geht es um seinen Charakter, nicht um seine göttliche Natur, die jenseits jeder menschlichen Vorstellungskraft liegt. Mack hegt einen tiefen Groll gegen Gott und vertraut ihm nicht, weil er ernsthaft missverstanden hat, wer Gott ist und was er mit dem Bösen zu tun hat. Gott erscheint Mack in Gestalt einer schwarzen Frau, einem jungen Zimmermann und einer ätherischen Asiatin, um ihm seinen wahren Charakter zu offenbaren. Und das verändert Macks Vorstellung von Gott: „Seine alte theologische Ausbildung half ihm dabei überhaupt nicht" (S. 103).

Ein großes Geheimnis

In *Die Hütte* ist Gott eine Einheit aus drei unterschiedlichen Personen, die jedoch nie getrennt voneinander sind. Gott ist ein einziges Wesen, aber drei Personen, die in vollkommener Liebe unzertrennlich zusammenhängen. Wenn Mack wie die meisten modernen Christen ist, hatte er sich Gott wahrscheinlich als eine Person mit drei verschiedenen Gesichtern oder Erscheinungsbildern vorgestellt. Oder vielleicht als eine Person mit mehreren

Persönlichkeitsfacetten. Als der antike Kirchenvater Augustinus sein Buch *Die Dreifaltigkeit* schrieb, stellte er die Einheit Gottes über die Dreiheit und verwies die Dreiheit in bloße Funktionsbereiche. Für Augustinus und viele westliche Theologen nach ihm war Gottes Dreifaltigkeit vergleichbar mit dem Gedächtnis, Verständnis und Willen des Menschen: drei unterschiedliche Funktionen einer einzigen Person.

Die Hütte wählt einen anderen Ansatz. Alles beginnt mit Gottes Dreiheit. Zuerst erscheint Gott Mack als eine große, dicke Afroamerikanerin – Papa, oder der Vater. Dann zeigt er sich Mack als eine zart gebaute Frau mit asiatischen Zügen – der Heilige Geist. Danach kommt Gott als ein Mann aus dem Mittleren Osten daher, gekleidet wie ein Handwerker, mit Werkzeuggürtel und Arbeitshandschuhen – Jesus. Aber diese drei machen Mack unmissverständlich klar, dass sie zwar unterschiedliche Personen, aber gleichzeitig auch eins sind. Ein Gott.

Wie viele von uns möchte Mack das Geheimnis von Gottes Einheit und Dreiheit verstehen. Als er sie fragt: „Wer von euch ist Gott?", antworten sie einstimmig: „Ich." (S. 99). Etwas später merkt Mack an: „Diese ganze Dreifaltigkeitssache ist für mich schwer zu begreifen" (S. 114). Gott der Vater erklärt geduldig: „Wir sind nicht drei Götter, und wir sprechen auch nicht über einen Gott mit drei unterschiedlichen Aspekten, wie etwa ein Mann, der Ehemann, Vater und Arbeitnehmer ist. Ich bin ein Gott, und ich bin drei Personen, und jede der drei ist vollkommen dieser eine Gott" (S. 115).

Der Autor von *Die Hütte* scheint die sogenannte „Sozialanalogie" der Dreieinigkeit zu befürworten, die sich Gott als eine vereinte Gemeinschaft darstellt – weit über das hinaus vereint, was wir an Gemeinschaft erleben können. Mack findet das verwirrend, worauf Gott erwidert, dass Menschen dieses Geheimnis nie ganz begreifen werden.

Aber Gott lässt uns nicht völlig im Dunkeln. William P. Young ist es wichtig, dass wir uns Gott als eine liebende Gemeinschaft göttlicher Personen vorstellen. Ohne Gemeinschaft würden Liebe und Beziehung nicht zum Wesensmerkmal Gottes gehören. Gott erklärt Mack: „Liebe und Beziehung sind für euch nur möglich, weil sie in mir bereits existieren, in meinem Göttlichsein. Liebe ist nicht die Begrenzung; Liebe ist das Fliegen. Ich bin Liebe" (S. 115).

Offensichtlich möchte Young nicht, dass wir die Dreieinigkeit als bloßes kosmisches Zahlenspiel und undurchdringliches Geheimnis abtun. Sie ist deshalb ein Geheimnis, weil es auf dieser Welt nichts Vergleichbares gibt. Aber sie ist kein dunkles Geheimnis. Dadurch, dass Gott sich uns in Jesus Christus und der Bibel offenbart hat, können wir etwas über die Dreieinigkeit wissen und dementsprechend leben. Genau das wünscht sich Gott von uns.

Der Kreis

Die Hütte nennt Gott einen „Beziehungskreis". Bei Gott gibt es keine Hierarchie und keine Machtkämpfe. Hierarchisches Denken ist ein menschliches Konstrukt und kam mit dem Sündenfall in die Welt. Als Mack fragt, ob es unter den drei Personen der Dreieinigkeit einen „Boss" gebe, zeigt sich Gott leicht verwirrt. Mack fragt, ob die drei Personen eine Befehlskette haben. Jesus erwidert: „Befehlskette? Das klingt ja grässlich!" (S. 139).

Gott belehrt Mack (und uns) über das Wesen der Macht: „Habt ihr einmal eine Hierarchie geschaffen, braucht ihr Regeln, um sie zu schützen und zu verwalten, und dann braucht ihr Gesetze und die gewaltsame Durchsetzung dieser Regeln, und damit endet ihr mit einer Befehlskette oder einem Ordnungssystem, das gesunde Beziehungen zerstört, statt sie zu fördern. Nur ganz selten erlebt ihr Beziehungen, in denen Macht keine Rolle spielt. Die Hierarchie bringt Gesetze und Regeln hervor, und als Folge davon entgeht euch das Wunder der Beziehung, wie wir sie für euch vorgesehen hatten" (S. 140).

Gott, so Young, hat in sich selbst keine Hierarchie; er hat nur Liebe. Herrschaftsstreben ist ein Zeichen dafür, dass wir gefallen sind. Sie gehört nicht zu der liebevollen Ordnung, die Gott für uns vorgesehen hatte – und immer noch vorsieht. Gott möchte mit allen Menschen auf Augenhöhe sein, indem sie in den Beziehungskreis der Dreieinigkeit treten.

Die Hütte wird Christen, die auf „Recht und Ordnung" im Haus Gottes bedacht sind, gar nicht gefallen. Vor einigen Jahren hielt ein bekannter Evangelist Seminare über Beziehungen, die von Tausenden besucht wurden. Diesem Evangelisten zufolge möchte Gott, dass Menschen an ihrem Platz in Gottes Befehlskette bleiben: Ehemänner über ihren Frauen, Väter über Kindern, die Älteren über die Jüngeren und so weiter. Jedes Familienproblem hat laut diesem Mann damit zu tun, dass jemand aus der Befehlskette heraustritt.

Für Young formt Liebe und nicht irgendeine Hierarchie die Beziehungen in der Dreieinigkeit, und wenn wir in eine echte Beziehung mit Gott treten, formt die Liebe auch uns.

Jesus und die Dreieinigkeit

Die Hütte handelt auch von Jesus Christus und seinem Kreuz. Obwohl Mack alle drei Personen der Dreieinigkeit als Menschen sieht, wird klar, dass nur eine davon wirklich ein Mensch *ist*. Der Vater und der Heilige Geist *erscheinen* nur als Menschen, damit sich Mack besser mit ihnen identifizieren kann. Der Zimmermann Jesus ist dagegen sowohl Gott als auch ein echter Mensch. Das bringt Mack durcheinander, was nicht nur ihm so geht. Viele von uns finden diesen Aspekt Gottes verblüffend. *Die Hütte* versucht, etwas Klarheit in unsere Verwirrung zu bringen.

Um das Chaos zu bereinigen, das unsere menschliche Unabhängigkeit geschaffen hat, „krempelten wir die Ärmel hoch und begaben uns mitten hinein in das Durcheinander – und deshalb kam Jesus zu euch" (S. 112).

Die Sache wird etwas konfus, wenn Papa (die vergnügte afroamerikanische Frau) Mack erzählt: „Als wir drei als Sohn Gottes ins menschliche Dasein eintauchten, wurden wir voll und ganz menschlich. Wir beschlossen außerdem, alle Begrenzungen zu akzeptieren, die damit verbunden sind" (S. 113).

Das Problem liegt hier für mich in Papas Behauptung, alle drei Personen hätten sich in die menschliche Existenz hineinbegeben. Nur der Sohn wurde Mensch; der Vater und der Heilige Geist nicht. Deswegen sagt Jesus in der Bibel auch, dass der Vater größer ist als er (Johannes 14,28).

„Jesus", sagt Gott zu Mack, „ist durch und durch Mensch. Obwohl er auch durch und durch Gott ist, hat er niemals auf seine göttliche Natur zurückgegriffen, um Dinge zu vollbringen. Er hat immer nur aus seiner Beziehung zu mir gelebt, in der gleichen Weise, wie ich mit jedem Menschen in Beziehung stehen möchte. Er war nur der Erste, dem dies vollendet gelang – der Erste, der vollkommen darauf vertraute, dass ich in ihm lebe, der Erste, der an meine Liebe und Güte glaubte, ungeachtet des äußeren Anscheins und aller möglichen Folgen" (S. 113).

Jesus ist Mensch und Gott, und als Mensch hängt er in allem, was er tut, vollkommen vom Vater und dem Heiligen Geist ab. *Die Hütte* stellt das als Gegensatz zu unserer Unabhängigkeitserklärung Gott gegenüber dar: Der wahrhaft menschliche Jesus lebt in totaler Abhängigkeit von Gott. Ohne seine Göttlichkeit abzulegen, hat Jesus sie sozusagen reduziert, um als echter Mensch zu leben.

Theologen nennen das die „Kenosis" oder auch „Entäußerung" des Sohnes Gottes. *Kenosis* ist ein griechisches Wort und bedeutet, sich selbst zu entleeren und zu demütigen. Sprich, der ewige Sohn Gottes, der dem Vater gleich ist, hat seine göttlichen Eigenschaften aufgegeben, um ein wirklich menschliches Leben zu führen. „Aufgeben" heißt aber natürlich nicht verwerfen. Es bedeutet eher so etwas wie vom aktiven Modus zum passiven Modus zu wechseln. Jesus entschließt sich, diese göttlichen Eigenschaften nicht zu nutzen, weil auch wir das nicht können, und er hat sich freiwillig zu unserem Bruder gemacht.

Theologen, die Jesus und seine Menschwerdung aus dieser Richtung betrachten, berufen sich auf Philipper 2,5-11. Dort steht, dass der Sohn Gottes seine Gleichheit mit Gott nicht für etwas hielt, an dem er eisern festzuhalten hatte. Stattdessen „entleerte" er sich und nahm Knechtsgestalt an. Nicht alle christlichen Theologen legen die Menschwerdung Jesu so aus, aber Young tut es auf jeden Fall. Gott nimmt uns so ernst, dass er sich für uns erniedrigt (und wir sollten dasselbe für andere tun).

Young begeht meiner Meinung nach einen (wenn auch geringfügigen) theologischen Fehler, als Gott Mack erklärt, alle drei Personen seien *zusammen* beim Kreuz gewesen, als Jesus starb. Mack sagt daraufhin zu Gott: „Aber ich dachte, du hättest ihn verlassen. Du weißt schon: ‚Mein Gott, mein Gott, warum hast du mich verlassen?'" Gott antwortet: „Du missverstehst das Mysterium, um das es dabei geht. Ungeachtet dessen, was er in jenem Augenblick empfunden haben mag, habe ich ihn niemals verlassen" (S. 109).

Das stimmt nur teilweise und kann potenziell irreführend sein. Der Vater hat dem Sohn wirklich „den Rücken zugekehrt", als die Sünden der ganzen Welt bei seinem Kreuzestod auf ihn gelegt wurden. Der verzweifelte Aufschrei von Jesus war nicht einfach Ausdruck einer falschen Wahrnehmung von Gottes Gegenwart oder Abwesenheit. Gott der Vater musste sich bildlich gesprochen von ihm abwenden, damit der Sohn am Kreuz die Last der Sünde für uns tragen konnte. So hat das Kreuz unsere Rettung bewirkt: In der Person des Sohnes hat Gott unseren Platz eingenommen und unsere Strafe für uns erlitten, damit wir sie nicht erleiden müssen.

Vielleicht möchte Young einfach vermitteln, dass der Vater und der Heilige Geist durch die Menschwerdung nicht von Jesus abgeschnitten wurden. Aber der Vater ist definitiv nicht gestorben.

Jesus und die Dreieinigkeit

Diese Dinge finde ich aber nicht gravierend, wenn man sie an der ansonsten ausgezeichneten und ergreifenden Schilderung von Gottes Charakter misst. Der Gott in *Die Hütte* ist eine Gemeinschaft der vollkommenen Liebe, und er möchte diese Beziehung mit uns Menschen teilen. Er – oder sie, Plural – möchte uns in diese Liebe mit einbeziehen, wenn wir es denn zulassen. Der Gott in *Die Hütte* kann nicht außerhalb der Liebe handeln und möchte uns nicht dominieren, kontrollieren oder zwingen. Er ist ein fassbares Geheimnis, was natürlich ein Widerspruch in sich ist. Aber so wird Gott auch in der Bibel dargestellt: jenseits unserer Fassungskraft und dennoch fassbar in seiner Menschwerdung und seiner Beziehungsfähigkeit.

Wir leben in einer Zeit, in der sich viele Christen entweder unterschwellig vor Gott fürchten oder ihn als ihren „Kumpel" oder eine Art himmlischen Wunschautomaten sehen. Der Gott in *Die Hütte* ist absolut persönlich – im besten Sinne des Wortes. Gott ist kein Objekt, das wir irgendwie steuern können, sondern ein Subjekt (oder drei Subjekte), ein Jemand, der unsere Wunden heilen und uns in seinen Beziehungskreis ziehen möchte.

Ist Gott Herr von allem, beherrscht aber nicht alles?

A ls Kommentar zu schrecklichen Ereignissen habe ich schon sehr oft gehört: „Alles liegt in Gottes Hand", oder: „Gott weiß schon, was er tut." Wenn Leute so eine Haltung eingenommen haben, müssen sie konsequenterweise daran glauben, dass jedes Vorkommnis – und mag es noch so tragisch sein – nicht wirklich schlecht sein kann, sondern irgendwie gut sein muss.

Doch wenn ein entsetzliches Unheil passiert, gerät diese Überzeugung ins Wanken und wird zu einem Aufschrei: „Wo ist Gott?" Das ist eine ganz normale Frage, weil das menschliche Herz nun mal eine Schmerzgrenze hat, ab der es einfach nicht mehr in der Lage ist, sich noch irgendetwas schönzureden.

Und das ist die schwere Aufgabe, die sich *Die Hütte* vornimmt: diese Frage zu stellen und zu beantworten. Wo war Gott, als Missy gekidnappt und umgebracht wurde?

Das Böse nimmt überhand

Am 28. September 2008 berichtete die amerikanische Fernsehsendung *48 Hours* eine Stunde lang über zwei Jungen, die gekidnappt und über viele Monate sexuell missbraucht worden waren. Einer davon war erst 11, als er gewaltsam entführt wurde und dann endlose Monate gefesselt und geknebelt zubrachte, während denen der Kidnapper ihn immer wieder brutal vergewaltigte. Es dauerte letztlich viereinhalb Jahre, bis er befreit wurde. Und er hatte noch „Glück". Viele solcher Opfer werden nur tot gefunden; andere überhaupt nicht. Man kann sich gar nicht vorstellen, wie schrecklich so etwas für alle Betroffenen sein muss. Für die Familien ist es vernichtend.

Der Autor von *Die Hütte* möchte die Frage aufwerfen, welche Rolle Gott bei solchen Gräueltaten spielt. Er hätte über den Holocaust oder den Völkermord in einem afrikanischen oder osteuropäischen Land schreiben können. Aber er hat den Mord an einem unschuldigen Kind ausgewählt, damit wir nicht denken können: *Na ja, manchmal sind Menschen aber auch selbst an ihrem Schicksal Schuld*. Mit solchen unbedachten Äußerungen versuchen wir manchmal den Schock etwas abzumildern, wenn wir das Ausmaß der Unmenschlichkeit nicht fassen können. Young konfrontiert uns mit dem schlimmsten aller Schmerzen, um uns keine Möglichkeit zu lassen, irgendetwas wegzudiskutieren.

Ich kannte einmal einen Professor an einem theologischen Seminar, der seinen Glauben an Gott verlor, als sein kleiner Sohn an einer schweren Krankheit starb. Soweit ich weiß, war er bis dahin ein frommer Mann mit einem starken Glauben. Er hatte eine ganze Generation von Pastoren und Predigern ausgebildet und hat ihnen wahrscheinlich auch oft gesagt, dass alles in Gottes Hand ist. (Das kann ich nicht beweisen, aber da diese Ansicht so weit verbreitet ist, nehme ich es einmal an.)

Ich kannte auch noch einen anderen Professor an einem theologischen Seminar, der seinen Studenten erzählte, Gott sei die alles bestimmende Realität und alles, was geschehe, sei sein Plan. Doch als sein Sohn starb, wurden alle seine Annahmen über Gott, das Böse und das Leid komplett durchgeschüttelt.

Ich kann den ersten Professor gut verstehen. Würde mein Kind sterben, würde ich vermutlich den Verstand verlieren, ganz zu schweigen von meinem Glauben. Aber mit dem Herzens- und Sinneswandel des zweiten Professors kann ich mich noch mehr identifizieren.

Trotz alledem gibt es heute eine neue Generation von jungen Christen, die an die absolute, minutiöse Planung Gottes glauben. Um Antworten auf die „Wo ist Gott?"-Frage zu bekommen, wenden sie sich einer Theologie zu, die besagt: „Hinter finst'rer Schickung / Gott ein Lächeln birgt" (aus einem Kirchenlied aus dem 18. Jahrhundert). Anders gesagt, wenn alles wie tiefste Nacht aussieht, sehen wir Gottes finster dreinblickendes Gesicht. Aber hinter den Kulissen lächelt Gott, hat er den Schmerz doch letztendlich verursacht und weiß, wozu er gut ist. Tausende von jungen Leuten teilen diese Sicht über Gott und das Böse. Ich frage mich, wie sie die Sache sehen werden, wenn Macks persönlicher Alptraum ihnen zustößt?

Die Hütte trifft keine eindeutigen Aussagen darüber, was Mack bei seinem Theologiestudium gelernt hat, aber ich schätze, dass es irgendeine Variante der „Alles ist in Gottes Hand"-Theorie war. Sie wird an vielen, vielleicht sogar an den meisten konservativen christlichen Theologieseminaren gelehrt – was daran liegt, dass sie anscheinend in der Bibel steht. Ich sage „anscheinend", weil ich ebenso wie Young nicht überzeugt bin, dass die Bibel das wirklich lehrt. Aber genauso stelle ich infrage, ob die Variante in *Die Hütte* biblisch wasserdicht ist. Deshalb möchte ich die Sicht des Buches darüber, welche Rolle Gott in tragischen Begebenheiten spielt, genauer unter-

suchen. Wie stimmig ist sie biblisch und theologisch gesehen?

Gut und Böse: drei Sichtweisen

Ich möchte zuerst die unter Christen am weitesten verbreiteten Sichtweisen von Gottes Plan mit der Welt und
dem Problem des Bösen anschauen. Kurz gesagt geht es
beim Problem des Bösen um die Frage: Warum gibt es
überhaupt Böses in der Welt?

Eine traditionelle Sichtweise, die auf den Kirchenvater
Augustinus zurückgeht, besagt, dass Gott die alles bestimmende Realität ist und nichts außerhalb seines Plans
und seiner Kontrolle liegt. Dieser Ansicht nach plant Gott
aktiv absolut alles – ohne Ausnahme – und lässt es auch
geschehen. Dem Reformator Johannes Calvin zufolge
hat Gott sogar den Sündenfall von Adam und Eva (und
damit auch uns) vorherbestimmt. Nach diesem Ansatz ist
Gott zwar nicht der Auslöser des Bösen, kalkuliert es
aber mit ein und lässt es geschehen. Er entzieht seinen
Schutz, der das Böse abhalten würde. Christen, die dieser
Denkrichtung anhängen, sehen in Hiob ein anschauliches
Beispiel: Gott nahm seine schützende Hand von Hiob
weg und ließ zu, dass der Teufel ihn quält.

Also, dieser Sichtweise zufolge ist Gott nicht der Auslöser des Bösen, aber er lässt es geschehen. Das Böse
gehört also mit zu Gottes Willen dazu und ist für irgend-
einen höheren Zweck notwendig, den wir eventuell nicht
begreifen können. Viele Leute finden in diesem Gedanken großen Trost, wenn sie Schlimmes erleben. Denn
wenn das Unheil zu Gottes großem Plan gehört, ist es
nicht sinnlos.

Eine zweite Sichtweise, die durch die Jahrhunderte von vielen Christen eingenommen wurde, ist diese: Gott beschränkt seine Einwirkung, um den Menschen den freien Willen zu lassen. Es gehört zu seinem Plan dazu, uns wählen zu lassen, ob wir ihn lieben wollen oder nicht. Wenn etwas Böses geschieht, ist das unser Werk, nicht seins. Er lässt es widerwillig zu, weil er uns durch sein Eingreifen unserer Freiheit berauben würde. Das bedeutet nicht, dass Gott niemals eingreift, um Schreckliches zu verhindern; er tut es aber nicht prinzipiell. Warum? Das wissen wir nicht. Vielleicht, weil Gott möchte, dass wir ihn darum bitten, dem Bösen Einhalt zu gebieten. Aber wenn es um den Einzelfall geht, können wir das nie genau wissen. Mit Sicherheit wissen wir nur, dass sich das Böse immer gegen den Willen Gottes stellt.

Die dritte Sicht ist unter dem Begriff „Prozesstheologie" bekannt. Sie besagt, dass Gott nicht allmächtig ist und deswegen das Böse nicht aufhalten kann. Somit hat er auch keine Schuld an negativen Vorkommnissen. Diese Sicht befindet sich weit außerhalb der Hauptströmung des Christentums und scheint im 20. Jahrhundert erfunden worden zu sein, um angesichts des Holocausts, von Völkermorden und anderen Grausamkeiten Gottes „Ansehen" zu retten. Die meisten christlichen Theologen lehnen die Prozesstheologie ab, weil sie dem Menschen die Hoffnung auf Gottes endgültigen Sieg nimmt (und damit auch den Sieg des Guten über das Böse). Trotzdem sind viele Christen – unter ihnen nicht wenige evangelikale Laien – durch Bücher wie Harold Kushners *Wenn guten Menschen Böses widerfährt* (Gütersloher Verlagshaus 2006) von einer Variante der Prozesstheologie beeinflusst worden.

Kushner sagt, dass Böses passiert, weil Gott nichts dagegen tun kann. Das ist das Gegenteil vom augustinischen Glauben daran, dass Gott alles kontrolliert.

Die Hütte und das Problem des Bösen

Wie nun betrachtet *Die Hütte* das Problem „Gott und das Böse"? Die Antwort ist nicht einfach. Man muss schon etwas tiefer nachsinnen und auch ein Stück weit sein Nichtwissen zugeben.

Mack selbst hat zwar seinen Glauben an Gott nicht komplett verloren, ist sich aber unsicher, wie er eigentlich zu Gott steht. Das Buch deutet an, dass seine theologische Ausbildung mehr Fragen als Antworten aufgeworfen hat. Tief in seinem Innern weiß er nicht genau, was er wirklich glaubt. Trotzdem betrachtet er sich sozusagen *pro forma* als Christ. Wenn wir ehrlich sind, müssen wir zugeben, dass dieser Zustand oft auch auf uns zutrifft.

Dann wird Macks geliebtes Töchterchen gekidnappt und ermordet, was seinem wackeligen Gottvertrauen nun fast gänzlich den Garaus macht. In den Folgemonaten wächst in ihm ein tiefer Groll gegen Gott, und er stellt seine Güte in Frage. An diesem Punkt beschließt Gott einzugreifen und Mack zu einem Gespräch einzuladen, um ihm einige Dinge zu erklären.

In dem Austausch zwischen Gott und Mack ist das Hauptthema das Böse in der Welt und das Leid Unschuldiger. Mack braucht lange, bis er es endlich „kapiert", denn Gottes Antworten sind nicht leicht zu verstehen. Die meisten von uns, Mack eingeschlossen, sind so geprägt, dass wir Gott und das Böse in ein bestimmtes Gedankenmuster einzusortieren versuchen. Wir meinen, Gott habe entweder alles oder gar nichts damit zu tun.

Vielleicht wissen wir genug über das Thema, um so etwas Ähnliches zu murmeln, wie Gott es in dem Film *Time Bandits* tut. Auf die Frage hin, warum er das Böse zulasse, sagt Gott in diesem Streifen nachdenklich: „Ich glaube, es hat irgendwas mit dem freien Willen zu tun." Die meisten Menschen sehen das ähnlich vage.

Der Autor von *Die Hütte* steigt dagegen viel tiefer in die Thematik ein. Und obwohl er offenbar mit keiner der drei Hauptsichtweisen übereinstimmt, die wir oben erläutert haben, ist er doch am nächsten an dem Gott dran, der sich selbst einschränkt – der das Böse zulässt, um uns den freien Willen zu bewahren.

An einer Stelle fragt Mack anklagend, ob Gott das, was Missy zugestoßen ist, hätte verhindern können. Das ist die große Frage, und Gott macht keine Ausflüchte. „Hätte ich verhindern können, was Missy zugestoßen ist? Die Antwort lautet Ja" (S. 256).

Oh-oh. Gemeinsam mit Mack schlucken wir schwer. Und nun? Hat Gott also Schuld an Missys grausamem Tod? Nein, *wir* haben Schuld – wir alle zusammen. Gott erklärt, dass er (die drei Personen der Gottheit) sich eingeschränkt hat: „(Wir haben) uns selbst begrenzt, aus Respekt dir gegenüber" (S. 120).

Gott macht deutlich, dass er vieles nicht verhindert, was er verhindern könnte. Der Gott in *Die Hütte* ist kein „Feuerwehrmann". Er greift nicht ein, um jeden Missbrauch des freien Willens zu verhindern. Dazu respektiert er unsere Entscheidungsfreiheit zu sehr. Mack fordert: „Warum bringst du die Probleme dann nicht in Ordnung?" Gott erwidert: „Weil wir die Erde euch geschenkt haben." „Könnt ihr sie denn nicht wieder zurücknehmen?", möchte Mack wissen. „Natürlich könnten wir das, aber dann wäre die Geschichte beendet, bevor sie sich vollenden konnte" (S. 166).

Mack starrt Jesus, der diese Aussagen macht, fragend an. Geduldig erklärt Jesus:

Ich zwinge euch niemals meinen Willen auf und lasse euch völlige Entscheidungsfreiheit, selbst wenn eure Handlungen zerstörerisch und leidvoll für euch selbst oder andere sind. (...) Würde ich euch meinen Willen aufzwingen (...), wäre dies genau das Gegenteil von Liebe. Aufrichtige Beziehungen sind durch Hingabe gekennzeichnet. Und das bedeutet, die Entscheidungen eines geliebten Menschen sogar dann zu respektieren, wenn sie nicht hilfreich und gesund sind (S. 166).

Die Antwort lässt erkennen, warum es in Gottes Welt so viel Übles gibt. Aus Liebe heraus beschränkt sich Gott. Er bindet sich sozusagen unseretwegen selbst die Hände. Er möchte nicht mehr Kontrolle über uns ausüben als gute, liebende Eltern über einen heranreifenden Sohn oder eine heranreifende Tochter. Anleitung, ja – Kontrolle, nein.

Damit ist allerdings noch nicht erklärt, warum Gott manchmal eben doch auf übernatürliche Weise in das Geschehen auf der Welt eingreift. Zumindest an einer Stelle legt das Buch nahe, dass Gott schon eingegriffen hat, um viel Böses zu verhindern, nur sind sich die Menschen dessen nicht bewusst. Das scheint im Widerspruch zu dem zu stehen, was Young an anderen Stellen sagt.

Gleich nach der Aussage, dass Gott uns nicht zwingt, sagt Jesus zu Mack, Gott liebe ihn voller Hingabe. Mack fragt, zweifellos mit weit aufgerissenen Augen: „Wie geht das denn? Warum würde der Gott des Universums mir gegenüber Hingabe empfinden?" „Weil wir möchten, dass du dich in unseren Beziehungskreis einklinkst. Ich wünsche mir keine Sklaven meines Willens; ich wünsche mir Brüder und Schwestern, die das Leben mit mir teilen", entgegnet Gott (S. 167). Das ist der Punkt, an dem *Die Hütte* weiter geht, als es die Erklärung des freien Willens traditionell tut. Gott beschränkt sich nicht nur, sagt *Die Hütte*, er übergibt uns sogar die Kontrolle, so dass wir ihn lieben oder verletzen können!

So ohne weiteres kann ich diesen Gedanken nicht annehmen. Ich finde, es geht zu weit, wenn Mack sagt: „Gott, der Diener. (...) Gott, mein Diener, muss es wohl eher heißen" (S. 273). Es ist schon etwas dran an diesem Bild, aber man hätte es besser ausdrücken können. Der Gott der Bibel liebt uns und will unser Bestes, aber dennoch bleibt er immer unser Herr (wenn auch auf liebende, gütige Weise). Er ist unser Gott, und ihm gebührt unsere Anbetung und *unsere* Hingabe.

Ein Teil der Erklärung, warum es in Gottes guter Schöpfung Böses gibt, ist also Gottes Selbstbegrenzung zugunsten unseres freien Willens. *Die Hütte* zufolge kommt es für Gott nicht infrage, alles Böse und Leid einfach zu unterbinden. Warum nicht?

Das ist ein Geheimnis. Gott sagt Mack, das habe Gründe, die er momentan „unmöglich verstehen" könne (S. 257). Anders gesagt heißt das: Gott hat einen Plan, zu dem gehört, dass er unsere Freiheit respektiert; warum er manchmal doch eingreift, das liegt nicht in unserem Verständnishorizont. Gott hätte Missys Tod verhindern können. Es stand in seiner *Macht*. Aber aus einem unerfindlichen Grund hat Gott in diesem Fall nicht eingegriffen. Offenbar hält sich Gott an Regeln, die nur ihm bekannt sind.

Warum aber bringen Gottes Selbstbeschränkung und unser freier Wille Schrecken und Grausamkeiten zustande, die sogar Gott leiden lassen? Was ist schief gelaufen? *Die Hütte* malt ein ziemlich düsteres Bild von der Welt. Gott hat uns die Welt gegeben und wir haben sie verpfuscht, und zwar gewaltig. Wir haben unsere Unabhängigkeit erklärt und gemeint, wir könnten Gut und Böse besser unterscheiden als Gott. Theologen nennen das die Sünde des Stolzes oder die „Vergötzung des Egos". Wir verdrängen Gott von seinem Platz, obwohl wir überhaupt nicht dazu in der Lage sind, seinen Platz einzunehmen. Wie Blaise Pascal gesagt hat, sind wir Könige, die auf zerfallenden Thronen sitzen und abgeknickte Zepter in den Händen halten. Wir sind begrenzt und beschädigt. Ursprünglich nach Gottes Bild erschaffen, sollten wir über die Schöpfung regieren. Doch in unserer Rebellion gegen unseren Schöpfer zerstören wir alles um uns herum, uns selbst mit eingeschlossen.

Gott antwortet auf unsere Unabhängigkeitserklärung widerstrebend: „Wenn ihr euer eigenes Ding durchziehen wollt, dann tut es!" Das hört sich kalt und gefühllos an. Aber was hätte Gott tun sollen? Wie sonst würden kluge Eltern reagieren, wenn ihr erwachsenes Kind seine Rechte und Möglichkeiten missbraucht und großen Schaden anrichtet? Natürlich heißt das nicht, dass Gott nicht mit uns zusammenarbeitet. In *Die Hütte* geht es ja letztlich um Erlösung: Gott erlöst diese rebellische Welt. Aber er wird sich nicht über unseren freien Willen hinwegsetzen. Noch nicht.

Gottes Plan für das Böse

Wo ist denn nun Gott, wenn schreckliche Dinge passieren? Schaut er einfach zu? Ruft er uns Ratschläge zu, weigert sich aber, selbst mitzumachen? Kaum. *Die Hütte* erläutert, dass Gott einen Plan zur Erlösung der Welt hat, durch den aus Bösem Gutes gewirkt wird. Gott erklärt Mack: „Alle Dinge müssen sich entfalten, selbst wenn das alle, die ich liebe, in eurer Welt schrecklichen Tragödien aussetzt" (S. 221).

In anderen Worten: Es gibt einen Grund, warum Gott jetzt nicht eingreift und von sich aus dem Bösen ein Ende bereitet. Doch wenn die Zeit gekommen ist, wird er es tun. „Dieses Leben ist nur ein Vorzimmer zu der größeren Realität, die auf euch wartet. In eurer Welt entfaltet niemand sein volles Potenzial. Sie ist nur eine Vorbereitung auf das, was Papa die ganze Zeit über für euch vorgesehen hatte" (S. 192).

William P. Young möchte uns Hoffnung vermitteln: Gott hat uns nicht uns selbst überlassen. Erstens macht Gott für die Leidenden alles wieder gut. Im Himmel tollt Missy herum, glücklich und ohne irgendwelche Altlasten. Sie ist in völligem Frieden und Einklang mit sich selbst und Gott. Man hat den Eindruck, dass sie selbst dann nicht zurück auf die Erde kommen würde, wenn sie die Möglichkeit hätte. Die Freuden des Himmels machen all den Schmerz dieser Welt wett. Zweitens wirkt Gott Gutes aus Bösem, ohne dadurch das Böse gut zu machen. „(...) Aus dem, was wie ein schreckliches Durcheinander aussieht, webt Papa einen großartigen, wunderbaren Teppich. Nur Papa kann das alles entwirren, und das tut sie voller Gnade" (S. 203).

Und: „dass ich in der Lage bin, sogar aus entsetzlichen

Tragödien noch unglaublich viel Gutes entstehen zu lassen, bedeutet nicht, dass ich die Tragödien orchestriere" (S. 214).

Gott inszeniert oder kontrolliert nicht alles, aber er steht trotzdem über allem in dieser Welt. Aus Liebe und Gnade webt er ein wunderschönes Kunstwerk, indem er Gutes aus Bösem wirkt, wodurch die Ungeheuerlichkeit des Bösen jedoch nicht gemindert wird.

Gott erklärt Mack: „Gegenwärtig ist nichts so, wie es sein sollte" (S. 189). Und daran haben wir Schuld, nicht Gott. Gott hat die Macht, uns von bösen Taten abzuhalten, doch aus für uns unbegreiflichen Gründen tut er das noch nicht. Es hat etwas mit Gottes großem Plan zu tun, so viele Menschen wie möglich in seinen Kreis zu ziehen. Und wahre Liebe zwingt nicht. Und in der Zwischenzeit nimmt Gott das Böse, das wir tun, und nutzt es zum Guten.

Obwohl William P. Young anscheinend der Richtung der Theologie zuneigt, die den freien Willen und Gottes Selbstbegrenzung betont, sagt er doch, dass Gott seinen Plan durchziehen wird – selbst wenn wir nicht mitspielen. Wenn nötig, tut er das auch ganz ohne uns. Gleichzeitig versichert er aber, dass Gott Menschen nicht zum Bösen zwingt.

Biblische Bilder Gottes

Ich halte die Darstellung von Gottes Wirken in unserer bösen und leidvollen Welt in *Die Hütte* sowohl für biblisch als auch für vernünftig, auch wenn sie in beiderlei Hinsicht an die Grenzen geht. Außerdem finde ich persönlich in dieser Art der Darstellung großen Trost.

Wie gut hält der Gott in *Die Hütte* dem Gott der Bibel stand? Machen wir uns nichts vor: Die Bibel malt sehr vielfältige Bilder von Gott. Auf der einen Seite erscheint der Gott der Bibel überaus mächtig und beherrschend. So sagt er zum Beispiel:

Ich mache das Licht und ich mache die Dunkelheit; Glück wie Unglück kommen von mir. Ich, der Herr, bin es, der dies alles vollbringt. (Jesaja 45,7)

Und Genesis 45 deutet an, dass Gott den Verkauf von Josef in die Sklaverei so gefügt hat, damit er ein ägyptischer Regierungsbeamter werden und sein Volk während einer Hungersnot retten würde. Einige Autoren der Bibel scheinen demnach alles, was geschieht, Gottes Führung zuzuschreiben.

Doch als Mose Gottes Herrlichkeit sehen möchte und dieser an ihm vorbeizieht, ruft er aus:

Ich bin ein Gott voll Liebe und Erbarmen. Ich habe Geduld, meine Güte und Treue sind grenzenlos. Ich erweise Güte über Tausende von Generationen hin, ich vergebe Schuld, Verfehlung und Auflehnung. (Exodus 34,6-7)

Und durch die Propheten fleht der Herr sein irregehendes Volk immer wieder an, sich von ihren falschen Wegen abzuwenden:

Kommt her, lasst uns prüfen, wer von uns Recht hat, ihr oder ich! Eure Verbrechen sind rot wie Blut, und doch könnten sie weiß werden wie Schnee. Sie sind rot wie Purpur, und doch könnten sie weiß werden wie reine Wolle – wenn ihr mir nur gehorchen wolltet! Dann könntet ihr all

die guten Dinge genießen, die das Land hervorbringt.
Aber wenn ihr euch weigert und widerspenstig bleibt,
wird euch das Schwert vernichten. Das sage ich, der
Herr. (Jesaja 1,18-20)

Und beim Propheten Hesekiel lesen wir: „Ich habe keine
Freude daran, wenn ein Mensch wegen seiner Vergehen
sterben muss. Das sage ich, der Herr, der mächtige Gott.
Also kehrt um, damit ihr am Leben bleibt!" (Hesekiel
18,32).

Im Neuen Testament prägt hauptsächlich Jesus, der
fleischgewordene Gott, unser Bild von Gott. Zweifellos
ist die Menschwerdung von Gott in Jesus der Schlüssel,
um die gesamte Bibel zu interpretieren. Der Gott, den
Jesus uns zeigt, ist ein liebender Vater im Himmel, der
für seine Geschöpfe das Beste will: „Denn so sehr hat
Gott die Welt geliebt, dass er seinen einzigen Sohn gab,
damit jeder, der an ihn glaubt, nicht verloren geht, sondern das ewige Leben hat" (Johannes 3,16). Gott möchte
niemanden bestrafen, sondern er will, dass alle Menschen Buße tun und ihn kennenlernen (1. Timotheus 2,4;
2. Petrus 3,9). So weinte Jesus zum Beispiel über den
Unglauben Jerusalems (Lukas 19,41-44).

Es ist nicht immer einfach, die unterschiedlichen Bilder von Gott miteinander zu vereinen. Doch als Christ
halte ich es für angebracht, meine Vorstellung von Gott
hauptsächlich auf Jesus zu bauen und alle anderen Bilder
in diesem Licht zu prüfen.

In der gesamten Bibel geht es immer wieder darum,
dass uns Gott einen freien Willen gegeben hat und uns
viel Unheil anrichten lässt, obwohl das nicht seinen Wünschen entspricht. Als Adam und Eva im Garten ungehorsam sind (Genesis 3), ist Gott sehr betrübt und bereut

später, dass er die Menschen überhaupt gemacht hat (Genesis 6,6), weil sie so böse sind. Solche Stellen machen es schwer, das Böse als Teil von Gottes Plan zu sehen. Wieso sollte Gott genau das inszeniert haben, was ihn später bereuen lässt, dass er den Menschen erschaffen hat? Vielmehr schreibt die Bibel Böses und Grausamkeit stets den Menschen selbst zu. Auch das Neue Testament (zum Beispiel Römer 1) spricht die Schuld definitiv dem Menschen zu.

Es ist nicht einleuchtend, Gott als Urheber hinter all den schrecklichen Dingen zu sehen, die Menschen tun. Gott beschützt und warnt vor bösem Handeln. Ergäbe es dann Sinn, dass er es auch verursacht? Jesus hat seine Jünger beten gelehrt, dass Gottes Wille auf Erden wie im Himmel geschehe (Matthäus 6,10). Wozu soll solch ein Gebet gut sein, wenn Gottes Wille sowieso schon immer geschieht?

Ich finde es biblisch korrekt und außerdem einleuchtend, dass *Die Hütte* Gott als jemanden darstellt, den menschliche Sünde ernsthaft betrübt. Im Großen und Ganzen gesehen lehrt die Bibel nicht, dass Gott insgeheim böse Pläne schmiedet. Allerdings steht das Böse nicht außerhalb von Gottes Eingreifen in die Geschichte. Gott entscheidet, was aus dem Bösen wird. Man sollte jedoch vorsichtig damit sein zu sagen, Gott bestimme und lenke alles, was geschieht. Das kann irreführend sein. Immerhin gibt es das Böse wirklich, obwohl Gott nichts Böses tut. Eher sollte man sich vor Augen halten – wie es in *Die Hütte* geschieht –, dass Gott Herr von allem ist, aber nicht alles beherrscht.

Jedes andere Gottesbild lässt ihn moralisch verschwommen oder bestenfalls machtlos erscheinen.

Wir und die Welt – was stimmt da nicht?

Wer hat sich nicht schon mal über den allgemeinen Pessimismus eines anderen beklagt? Mir kommt das ständig zu Ohren. Besonders meine Frau beklagt sich in dieser Hinsicht oft über mich.

Meist antworte ich darauf einfach, dass ich eben ein Realist bin. Ich sehe die Welt als eine große Tragödie, unterbrochen von gelegentlichen heiteren oder romantischen Szenen, die Gott und Menschen uns eher willkürlich schenken. Andere Leute dagegen sind mit dem Kopf schon so weit im Himmel, dass sie für die Erde nichts mehr taugen. Sie sind zu geistlich entrückt und sehen einfach alles positiv. Niemand hat das je von mir behauptet. Aber ich habe es über ziemlich viele andere Leute gesagt.

Pessimistischer Optimismus oder optimistischer Pessimismus – diese Widersprüche sind eine gute Beschreibung der Einstellung, die *Die Hütte* im Hinblick auf die gefallene Menschheit und ihre Welt einnimmt. Das Buch ist eine tragische Geschichte, die Erlösung in sich birgt, genau wie die Bibel. Und mit „tragisch" sind nicht nur zwei oder drei tragische Vorkommnisse gemeint, sondern diese ganze entgleiste Welt. Und ebenso zeigt sich die „Erlösung" nicht einfach durch ein paar Begebenheiten, bei denen Gott Menschen aus einer momentanen Notlage oder Verzweiflung errettet; es geht um Gottes Bedeutung für alle Menschen und die ganze Welt.

Optimistischer Realismus

Ich sehe die Menschen und die Welt ähnlich, wie *Die Hütte* es tut. Bei uns hier unten herrscht Chaos. Wenn wir allein auf uns gestellt wären, gäbe es sehr wenig Hoffnung. Diese Sicht ist nicht aus einer negativen Erfahrung entstanden, die mich zynisch gemacht hat. Vielmehr gründet sie sich darauf, wie die Bibel uns und die Welt darstellt. Trotzdem meine ich, ein optimistischer Realist zu sein. Denn allen Beweisen zum Trotz und basierend auf dem, was ich in der Bibel lese (und manchmal in herrlichen Momenten der besonderen Gnade Gottes selbst erlebe), schreibe ich die Welt nicht als völlig hoffnungslos ab. Gott verfolgt noch immer seinen Plan mit ihr und wird sie eines Tages wieder in Ordnung bringen.

Römer 8,18 verspricht zum Beispiel unmissverständlich: „Was wir in der gegenwärtigen Zeit noch leiden müssen, fällt überhaupt nicht ins Gewicht im Vergleich mit der Herrlichkeit, die Gott uns zugedacht hat und die er in der Zukunft offenbar machen wird."

Paulus, der den Römerbrief geschrieben hat, spricht davon, dass Gott eingreifen wird, um die ganze Welt aus ihrer Gefangenschaft zu befreien und von ihrem Verfall zu heilen. Der Kosmos wird auf irgendeine geheimnisvolle Weise neu auferstehen! Mein Optimismus gründet sich auf Gott, nicht auf mich oder meine Mitmenschen. Deswegen gefällt mir *Die Hütte* auch so gut. Die Geschichte ist äußerst realistisch, wenn es um den Menschen geht, und äußerst optimistisch, wenn es um Gott geht, genau wie die Bibel.

Wer Pessimismus missbilligt, sollte einmal Psalm 14 lesen:

Die Unverständigen reden sich ein:
»Es gibt keinen Gott!«
Sie sind völlig verdorben,
ihr Tun ist abscheulich,
unter ihnen ist niemand, der Gutes tut.
Der Herr blickt vom Himmel herab auf die Menschen.
Er will sehen, ob es da welche gibt,
die Verstand haben und nach ihm fragen.
Doch alle sind sie von ihm abgefallen,
verkommen sind sie, alle miteinander,
niemand ist da, der Gutes tut,
nicht einmal einer!

Lassen Sie sich vom ersten Vers nicht irreleiten; in diesen Zeilen geht es um *alle Menschen*, nicht nur um Atheisten. Wenn man sich alle Verse anschaut, dann sind die „Unverständigen" im ersten Vers Sie und ich!

Gut, könnte man sagen, das ist ein einziger Psalm. Vielleicht hatte der Psalmist an dem Tag schlechte Laune. Schauen wir uns Römer 3,9-18 an:

„Also wie steht es nun mit den Juden? Drücke ich mich um eine klare Auskunft? Durchaus nicht! Ich habe eindeutig klargestellt, dass die Menschen aus dem jüdischen Volk genauso wie die aus den anderen Völkern in der Gewalt der Sünde sind. So heißt es auch in den Heiligen Schriften: »Kein Mensch kann vor Gott als gerecht bestehen; kein Mensch hat Einsicht und fragt nach Gottes Willen. Alle haben den rechten Weg verlassen; verdorben sind sie alle, ausnahmslos. Niemand ist da, der Gutes tut, nicht einer. Ihre Worte bringen Tod und Verderben, von ihren Lippen kommen böse Lügen, tödlich wie Natterngift sind ihre Reden. Nur Fluch und Drohung quillt aus

ihrem Mund. Rücksichtslos opfern sie Menschenleben. Wo sie gehen, hinterlassen sie Trümmer und Elend. Was zum Frieden führt, ist ihnen unbekannt. Sie wissen nichts von Gottesfurcht.«"

Ein ziemlich düsteres Bild von uns, oder?

Die Hütte malt genau dasselbe Bild. Aber es hört damit nicht auf. Es zeigt nicht nur, was aus uns geworden ist, sondern auch, dass Gott uns trotz allem liebt. Menschen, die sich ein Hoffnungszeichen in einer von Härte und Grausamkeit gezeichneten Welt wünschen, sollten einen Blick auf Offenbarung 21,1-4 werfen:

Dann sah ich einen neuen Himmel und eine neue Erde. Der erste Himmel und die erste Erde waren verschwunden und das Meer war nicht mehr da. Ich sah, wie die Heilige Stadt, das neue Jerusalem, von Gott aus dem Himmel herabkam. Sie war festlich geschmückt wie eine Braut für ihren Bräutigam. Und vom Thron her hörte ich eine starke Stimme rufen: »Dies ist die Wohnstätte Gottes bei den Menschen! Er wird bei ihnen wohnen, und sie werden seine Völker sein. Gott selbst wird als ihr Gott bei ihnen sein. Er wird alle ihre Tränen abwischen. Es wird keinen Tod mehr geben und keine Traurigkeit, keine Klage und keine Quälerei mehr. Was einmal war, ist für immer vorbei.

Ein düsteres Bild

Das ist die Hoffnung, die uns die Bibel immer wieder zusichert. Doch was ist mit der Gegenwart? *Die Hütte* richtet das Augenmerk hauptsächlich auf das Hier und

Jetzt, und das ergibt kein schönes Bild. Einer der Charaktere, um die es im Buch geht, ist Missys Mörder, der schwer fassbare „*Kleine Ladykiller*", der kleine Mädchen kidnappt und umbringt. Auch er steht für einen Durchschnittsmenschen. Verstehen Sie mich nicht falsch: Das soll nicht bedeuten, dass wir alle so schlimm sind wie der *Ladykiller*! Ganz und gar nicht. Eher ist unsere ganze Welt und jeder in ihr Teil eines Systems, das *Ladykiller*, Diktatoren und andere Missetäter überhaupt erst möglich macht. Und zwischen ihnen und uns gibt es keine klare Grenze; wir alle sind fähig, wirklich böse Dinge zu tun. Macks Misstrauen Gott gegenüber ist etwas Böses, auch wenn Gott ihn versteht und ihm hilft.

Viele Leser des Buches mögen Schwierigkeiten mit seinem düsteren Menschenbild haben. Zumindest von amerikanischen Kanzeln zielen die meisten Predigten darauf ab, unser Selbstwertgefühl zu steigern mit der Botschaft, Gott würde uns so lieben und annehmen, wie wir sind. *Die Hütte* sagt das zwar auch, aber zunächst berichtet das Buch uns eine dunklere Wahrheit über uns selbst. Das macht die Botschaft von Gottes bedingungsloser Liebe dann umso aussagekräftiger.

Kehren wir also zurück zur Handlung des Buches und der dort geschilderten Situation der Menschen.

Mack möchte Gott sozusagen immer wieder auf die Anklagebank schieben, wo er sich für seine Vergehen verantworten soll. Das soll heißen, er richtet Gott dafür, dass er Missys Entführung und Ermordung zugelassen hat. Aber in noch größerem Maße scheint seine Anklage darauf abzuzielen, dass Gott angesichts all des Schreckens in der Welt nicht wirklich gut sein kann.

Mehr als einmal dreht Gott den Finger zurück auf Mack und uns alle, die wir der Ursprung des Bösen sind:

„Papa hat niemals das Böse benötigt, um seine guten Ziele zu erreichen. Ihr Menschen habt das Böse in eure Welt gebracht, und Papa hat darauf mit Güte geantwortet. Was mit Missy geschah, war das Werk des Bösen, und niemand in eurer Welt ist dagegen immun" (S. 189).

Auf freundliche Art sagt Gott Mack (und uns), dass wir alle potenzielle *Ladykiller* sind. Eine derart abscheuliche Tat mag zwar nie eine Versuchung für uns sein, aber wir alle schieben Gott mehr oder weniger beiseite und ziehen unser eigenes Ding durch. Und das öffnet die Tür für das Böse in vielfältiger Form. Die Welt ist ein Ort, an dem es *Ladykiller* gibt, weil wir alle uns von Gott unabhängig erklärt haben.

Wir sitzen alle in einem Boot

Die Probleme in der Welt sind nicht das Werk Gottes. Das ist eine der Hauptbotschaften von *Die Hütte*. Uns mag die eine Seite der Medaille gefallen, die Gottes Güte zeigt. Die andere Seite, nach der wir für das Böse verantwortlich sind, sagt uns dagegen nicht so zu. Es geht nicht nur um eine gewisse Anzahl schlechter Menschen, die für das Böse verantwortlich ist. Wir sitzen *alle* in einem Boot – auch Mack. Als Gott zu Mack sagt: „Ihr Menschen habt das Böse in eure Welt gebracht", meint er nicht „einige von euch Menschen" (S. 189). Er meint Mack und er meint Sie und er meint mich. Ich frage mich, wie viele Leser von *Die Hütte* das wirklich verstanden haben. Oft lesen wir in einem Buch nur das, was wir sehen möchten. (Das weiß ich nur zu gut, unterrichte ich doch seit 26 Jahren!)

Wie ist dieses schreckliche Chaos auf Erden entstanden? Wenn Gott keine Schuld daran trifft, ist dann Satan der Schuldige, oder vielleicht Adam und Eva? *Die Hütte* tut recht daran, den Finger von denen abzuwenden, die wir gern für alles verantwortlich machen würden, und ihn auf uns zu richten. Gott sagt, dass Mack (und jeder andere) seine Unabhängigkeit von Gott fordert und sich dann ärgert, wenn er sie bekommt. *Die Hütte* zufolge ist diese Welt ein schwieriger Ort, versunken in Dunkelheit und Chaos. Selbst die Menschen, die Gott lieben, werden Opfer tragischer Vorkommnisse. Wie pessimistisch. Nein, wie realistisch!

Gott spricht mit Mack über den Sündenfall und seine Auswirkungen, über die Erbsünde und die Verbogenheit des Menschen. In unserer Gesellschaft sind das höchst unbeliebte Begriffe. Aber sie sind biblisch und gründen sich zudem auf unsere Erfahrung. Der christliche Schriftsteller G. K. Chesterton machte im frühen 20. Jahrhundert die geistreiche Bemerkung, dass die Erbsünde die einzig empirisch nachweisbare Lehre des christlichen Glaubens sei. Ohne theologische Begriffe zu verwenden legt *Die Hütte* diese Wahrheit über die Menschheit offen.

Was hat der Sündenfall des Menschen mit Gottes guter Schöpfung gemacht? Sarayu, besser bekannt als der Heilige Geist, erklärt Mack, dass Menschen blind sind gegenüber ihrer eigenen Stellung in der Schöpfung; sie haben sich für die Unabhängigkeit entschieden und dadurch die gesamte Schöpfung mit sich in den Abgrund gerissen. Als sich Adam und Eva entschieden, Gott nicht zu gehorchen und vom Baum der Erkenntnis von Gut und Böse zu essen, ist das ganze Universum entzwei gerissen. Die Verbindung zwischen dem geistlichen und dem physischen Bereich wurde getrennt. Ihre Entscheidung hat den Atem Gottes aus der Welt vertrieben, was kein kleines Problem ist. Die Unabhängigkeitserklärung des Menschen hat die Schöpfung gebrochen, und in dem Moment hat das Böse Einzug gehalten. Wegen dem, was die Menschen getan haben (und immer noch tun), hat sich ein Fluch auf die Natur gelegt. Wir sind krumm und korrupt geworden, und dadurch hat sich alles geändert.

Gott, die Freiheit und das Böse

Dieses trübselige, aber biblisch korrekte Bild von der Welt wirft eine Frage auf: Hat Gott das Böse erschaffen? Immerhin ist er doch der Schöpfer von allem. Bedeutet das nicht, Gott muss irgendwie doch für die Existenz des Bösen verantwortlich sein? *Die Hütte* korrigiert diesen Denkfehler. Das Böse, lesen wir dort, ist keine in sich selbst existierende Substanz. Es ist nicht Teil der Schöpfung, sondern lediglich die Abwesenheit des Guten. Für sich genommen gibt es das Böse eigentlich nicht, also hat Gott es auch nicht erschaffen. Alles, was wirklich existiert, wurde von Gott erschaffen. Die Abwesenheit des Guten hat Gott dagegen nicht erschaffen. Diese Wahrheit ist schon lange Teil des christlichen Gedankenguts. Und völlig zu Recht. Ansonsten müssten wir Gott tatsächlich das Böse zuschreiben.

Die Hütte sieht Gott nicht als Urheber des Bösen und macht ihn auch nicht dafür verantwortlich, dass er zugelassen hat, dass wir es in die Welt gebracht haben. Aber Augenblick mal! Wie kann es dann das Böse überhaupt geben, wenn es nur die Abwesenheit des Guten ist?

Ein Beispiel mag helfen, diese Frage zu beantworten: Dunkelheit ist die Abwesenheit von Licht, aber trotzdem gibt es die Dunkelheit. Jeder, der schon mal bei gelöschtem Licht in einer Höhle gewesen ist, kann das bestätigen. Auf ähnliche Weise gibt es das Böse. Es existiert als Abwesenheit des Guten. Als Gott uns einen freien Willen gegeben hat, schuf er damit auch die Möglichkeit, dass das Böse in diese gute Welt kommt. Als wir auf unseren eigenen Weg gepocht haben, hat Gott zu uns gesagt: „In Ordnung – nicht mein Wille, sondern euer Wille geschehe." Wir sind für das Böse verantwortlich, nicht Gott. Und die Folgen davon sind unvorstellbar.

Wegen uns liegt die Natur unter einem Fluch. Wir missbrauchen die Natur, und sie revanchiert sich mit Naturkatastrophen (Wirbelstürme, Erdbeben und Tsunamis). Und wir selbst sind auch verbogen. Wir tun ständig Böses und bekommen nur mit Mühe etwas Gutes hin. Das ist die *Erbsünde*: die deformierte menschliche Natur, die wir alle von unseren Vorfahren und Mitmenschen erben und die uns willentlich Böses tun lässt. Die christliche Lehre der *völligen Verderbtheit des Menschen* steht auch damit in Verbindung. Sie meint unsere völlige Unfähigkeit, ohne Gottes Hilfe das Richtige zu tun. Wir sind verbogen und zerbrochen – durch und durch. Sehen Sie die Erbsünde und unsere Verbogenheit aber nicht als so etwas wie Krankheitserreger an, die wir uns von anderen einfangen. Sie sind eher angeborene Defekte, noch verstärkt durch eine negative Gesellschaftskonditionierung. Wir alle kennen die Macht des menschlichen Umfelds: Wenn unsere Mitmenschen verbogen und zerbrochen sind, werden wir auch so.

Die Theorie der Erbsünde lehrt, dass wir alle von der geistlichen Fäulnis betroffen sind, die uns von Gott trennt. Wir werden damit geboren. Es ist so, als wenn wir eine tickende Zeitbombe in uns tragen. Früher oder später explodiert sie in Form von Ungehorsam, der zeigt, dass wir uns selbst über Gott und andere Menschen stellen. Die Erfahrung lehrt, dass wir nichts tun können, um unsere gebrochene Gottesbeziehung zu heilen. Wann immer wir etwas vermeintlich „Gutes" tun, ist es doch mehr oder weniger von Egoismus und Stolz beschmutzt.

Die Hütte ist erbarmungslos realistisch. Und das Buch veranschaulicht, wie wir, bedingt durch den Sündenfall, der Macht den Vorzug vor Beziehungen geben. Gott möchte eine liebende Beziehung mit uns; wir dagegen ringen um Macht über unsere Mitmenschen. Im Hinblick auf Beziehungsbrüche sagt Gott zu Mack: „Stets geht es um die Macht und wie sehr sie im Gegensatz steht zu jener Beziehung, die du mit Papa und Sarayu hast" (S. 171). Und: „Macht korrumpiert, wenn sie in den Händen unabhängiger Menschen liegt, ganz gleich, ob es sich dabei um Männer oder Frauen handelt" (S. 170).

Adam und Evas Sündenfall war das erste Beispiel menschliche Machtergreifung. Unabhängigkeit, Eigenwille und Konkurrenzkampf gingen aus diesem Bösen hervor, das seinen Anfang mit dem Sündenfall nahm und heute immer noch weitergeht. Und diese drei zerstören liebevolle Beziehungen.

Ich glaube, *Die Hütte* schießt am Ziel vorbei, wenn Jesus Unterschiede in der Wirkung des Sündenfalls bei Männern und Frauen sieht. Männer scheinen im Grunde tiefer gefallen zu sein als Frauen. Mack erwidert: „Ich habe mich immer gefragt, warum die Männer so lange das Kommando hatten. (…) Männer verursachen so viel Leid." Daraufhin sagt Jesus: „Die Welt wäre, in vielerlei Hinsicht, ein viel friedlicherer und sanfterer Ort, wenn die Frauen herrschen würden. Dann würden viel weniger Kinder den Göttern der Gier und der Macht geopfert" (S. 169).

Erhebe ich dagegen einen Einwand, weil ich ein Mann bin? Nein. Aus meiner Sicht widerspricht es einer der Hauptaussagen in *Die Hütte*: Macht macht korrupt. Wenn Frauen die Welt regieren würden, wären sie genauso korrupt wie Männer, und mit der Welt wäre es nicht besser bestellt!

Wie sind wir alle in diese Lage geraten? Warum kommen wir da nicht mehr heraus? Das hat wieder mit dem Missbrauch des freien Willens zu tun. Der freie Wille ist in sich nicht falsch, aber wenn er missbraucht wird, öffnet er dem Bösen die Tür. Wir haben unseren freien Willen dazu missbraucht, um uns von Gott zu entfernen. Gott sagt zu Mack, alles Böse entspringe der menschlichen Unabhängigkeit von Gott. Das Böse, von dem keiner unberührt bleibt, sei das von uns verursachte Chaos in der Welt. Doch Gott lasse dem Bösen nicht das letzte Wort. Dann erinnert Gott Mack daran, dass die einzige Sofortlösung nur durch einen Entzug des freien Willens zu bewerkstelligen wäre. Das möchte Gott allerdings nicht, weil er uns liebt. Und erzwungene Liebe ist keine Liebe.

Die Hütte sagt uns, dass Gott alles Gute aus der überfließenden Liebe zwischen Vater, Sohn und Heiligem Geist heraus geschaffen hat. Gott hat dem Menschen einen freien Willen gegeben und uns angewiesen, ihn nicht zu missbrauchen – in unserem eigenen Interesse. Wir haben Gott missachtet und uns entschieden, Gut und Böse ohne Gott kennenzulernen. Gott hat unsere Freiheit respektiert, wohl wissend, was für schreckliche Dinge das hervorbringen würde. Er hat es zugelassen, weil unsere Liebe und unser Gehorsam nicht erzwungen sein, sondern aus freien Stücken kommen sollen. Unsere Unabhängigkeit hat die Natur verflucht und einen endlosen Kreislauf des Bösen in Gang gesetzt. Unsere Beziehungen zerbrechen immer wieder an Macht- und Herrschaftsproblemen. Letztlich sind wir unfähig, geistlich irgendetwas Gutes zu tun, wodurch unsere Beziehung zu Gott und unseren Mitmenschen wiederhergestellt werden würde.

Wie die Entstehung und Theorie des Bösen in der Welt in *Die Hütte* beschrieben wird, finde ich im Allgemeinen biblisch und theologisch solide. Natürlich werden Leute, die an Gott als die alles bestimmende Realität glauben, an der starken Betonung des freien Willens etwas auszusetzen haben. Ich dagegen frage mich, ob das Buch hier weit genug geht.

Mehrmals heißt es, Gott habe schon alles im Voraus gewusst, als er die Welt erschuf. Gleichzeitig deutet William P. Young jedoch auch an, dass Gott ein Risiko einging, als er uns mit einem freien Willen ausstattete. Doch wenn Gott alles schon im Voraus wusste, worin bestand dann das Risiko? Und wenn Gott mit absoluter Gewissheit wusste, was geschehen würde, und die Welt trotzdem schuf, ist er dann nicht doch verantwortlich für die Ereignisse in der Welt? An einer Stelle im Buch sagt Gott: „Und ganz im Gegensatz zu dem Bild, das ihr euch von mir macht, liebe ich die Unsicherheit" (S. 235). Wirklich? Wie konnte er unsicher sein, wenn er alles im Voraus wusste? Das Buch scheint uns hier zwei sich widersprechende Botschaften zu vermitteln.

Kommen wir aus dieser Zwickmühle heraus? Ich weiß es nicht genau. Könnte es jedoch möglich sein, dass Gott sein eigenes Wissen über die Zukunft beschränkt hat und lediglich alle Ausgangs*möglichkeiten* kannte – und sich auf jede Möglichkeit entsprechend vorbereitet hat? Darüber lohnt es sich nachzudenken.

Schlechte Nachricht und gute Nachricht

Es ist also ein düsteres Bild, das *Die Hütte* vom Istzustand der Welt zeichnet. Aber liefert es eine angemessene Erklärung für die entsetzliche Tat des *Ladykillers*? Warum werden aus einigen von uns Diktatoren und aus anderen nicht? *Die Hütte* beantwortet diese Frage nicht direkt. Deshalb müssen wir sehen, ob die Geschichte dazu indirekt etwas zu sagen hat.

Als Gott Mack fragt, was mit dem Mann geschehen soll, der sein kleines Mädchen gekidnappt und umgebracht hat, schreit Mack: „In die Hölle mit ihm!" Ich kann das nachempfinden, auch wenn ich weiß, dass ein derart hasserfüllter Ausspruch nicht gut ist. Gott fragt Mack also: „Trägt er die Schuld für deinen Verlust?"

„Ja!"

Und dann führt Gott das Gespräch in eine Richtung, in die wir nur ungern gehen. Er befragt Mack über den Vater des *Ladykillers*, der durch seinen negativen Einfluss den Sohn zum Mörder gemacht hat. Mack verflucht ihn genauso. Dann fragt Gott Mack, wie weit zurück sie gehen sollen – bis zu Adam? Und warum sollte man da aufhören? Was ist mit ihm, Gott selbst? Er ist doch der Schöpfer. Hat er letztlich die Schuld? Mack wird bei diesen Fragen schwindelig (S. 184-185).

Was sagt uns das darüber, warum einige Menschen unglaublich böse sind und andere nur „mäßig böse"? Stimmt das überhaupt? Die ganze Sache ist ziemlich verworren. *Die Hütte* scheint uns zu sagen, dass es eine Kette des Grauens gibt, die Menschen dazu bringt, schreckliche Dinge zu tun. Niemand kann seine Hände in Unschuld waschen. Aus einigen werden Ungeheuer, weil sie zu Ungeheuern erzogen wurden, doch letztendlich liegt alles am Sündenfall und der Rebellion des Menschen: an unserer gemeinsamen Unabhängigkeitserklärung Gott gegenüber.

Offensichtlich kann man nicht genau sagen, warum einige Menschen zu Schwerverbrechern werden und andere Durchschnittssünder bleiben. Aber das ist auch nicht so wichtig. Das Potenzial zu allem Übel liegt in uns allen. Wir alle sind verkorkste Seelen; einige sind einfach noch etwas verkorkster als andere. Die entsprechenden Umstände könnten aber jeden von uns so verderben, dass wir zu Ungeheuern werden.

Gott erklärt Mack, dass wir die Menschen nicht in „besonders schlecht" und „nur ein bisschen schlecht" aufteilen sollen. Einige Taten sind zwar tatsächlich besonders übel und sollten bestraft werden, aber wir haben uns alle in dieser schrecklich deformierten Welt verfangen. Aus Gottes Sicht sind wir alle gleich schlecht, und er ist um uns alle gleichermaßen besorgt. Klingt nicht gerade sehr angenehm, oder? Ich zumindest muss da erst mal tief Luft holen. Aber ich glaube, es ist trotzdem wahr. Die Bibel teilt die Menschen ebenfalls nicht in „Bosheits"-Kategorien ein. Sie wirft uns alle in einen Topf und sagt, dass wir nichts wirklich Gutes zustande bringen können. Nur Gott kann uns gerecht und gut machen.

Was sollen Christen von dem düsteren Bild halten, das *Die Hütte* von der Welt und der Lage des Menschen vermittelt? Die meisten Leute möchten lieber positiv denken und an das Gute im Menschen glauben. Ich auch. Doch meine Erfahrung bestätigt das Bild, das *Die Hütte* zeichnet. Ich habe auch schon viel Zuneigung, Selbstlosigkeit und Wärme von anderen Menschen erlebt, aber im Licht der Bibel kann ich diese positiven Dinge letztlich keinem anderen als Gott zuschreiben. Alles, was wir an Gutem bewerkstelligen, ist Gottes Handeln in und durch uns. So sagt es uns die Bibel (Philipper 2,12-13). Auf uns allein gestellt können wir nur stark gefärbte Dinge tun – also nur vordergründig „gut" sein, während wir gleichzeitig selbstsüchtige Motive verfolgen.

Ich sehe das Menschenbild von *Die Hütte* jedoch nicht als schlechte Nachricht, sondern als gute. Denn letztlich führt es zur großartigen Nachricht, dass uns unser Schöpfer trotz allem nicht aufgegeben hat. Und noch besser: Gottes Sohn ist für uns gestorben und hat uns erlöst. Das ist eine bessere Nachricht als jedes Gerede über „die Unbesiegbarkeit des menschlichen Geistes". *Die Hütte* ist realistisch und vermittelt Hoffnung, die sich auf die Bibel gründet. Was wollen wir mehr?

Vergibt Gott jedem bedingungslos?

Mein Vater war mehr als 50 Jahre lang Pastor, und während dieser Zeit hat er viele erstaunliche Erlebnisse gesammelt, die tatsächlich passiert sind. Diese Geschichten stachen in seinen Predigten immer besonders heraus, weil sie aus dem wirklichen Leben gegriffen waren. Alle liebten diese Storys, und eine der Geschichten hat mich besonders tief berührt.

In der Anfangszeit seiner pastoralen Tätigkeit wurde mein Vater gebeten, eine ältere Dame in einem Seniorenwohnheim zu besuchen, der es gar nicht gut ging und die um ein Gespräch gebeten hatte. Mein Vater ging zu ihr und erwartete einen ganz normalen seelsorgerlichen Einsatz. Doch die alte Frau jagte ihm einen gehörigen Schrecken ein! Sie sagte, Gott könne ihr niemals vergeben, was sie getan hätte. So eine Aussage erwartet man normalerweise nicht von einer kleinen alten Dame im Seniorenwohnheim. Mein Vater versicherte ihr, dass Gott ihr ganz sicher vergeben würde, egal was sie getan hatte. Schließlich bekannte sie alles: Als sie noch sehr jung und frisch verheiratet gewesen war, so erzählte sie meinem Vater, habe sie ihren Schwiegervater vergiftet. Sie hatte tatsächlich den Vater ihres Mannes ermordet!

Was sollte mein Vater dazu sagen? Natürlich versicherte er ihr, dass Gott ihr sogar das vergeben würde, wenn sie Buße tat und ihr Vertrauen auf Gottes Sohn

Jesus setzte, der selbst für solch eine Sünde gestorben ist. Seltsamerweise weiß ich nicht mehr, wie die Geschichte ausging. Ich erinnere mich nur noch, dass mir klar wurde, dass wir alle unsere Abgründe haben und wie weit Gottes Vergebung wirklich geht.

Auch *Die Hütte* hat einige erstaunliche Dinge über Gott und die Kraft der Vergebung zu sagen. In diesem Kapitel wollen wir die Darstellung von Gottes Charakter in dem Roman erkunden und das näher betrachten, was Gott für unsere Rettung getan hat. In Kapitel 7 geht es dann darum, was wir tun müssen, um in Beziehung mit Gott zu treten.

Gott vergibt alles

So wie ich *Die Hütte* beurteile, würde William P. Young der älteren Dame im Altersheim sagen: „Gott hat dir den Mord an deinem Schwiegervater bereits vergeben." *Die Hütte* zufolge ist Gott so gut, dass er bereits jedem Menschen alles vergeben *hat*, was er getan hat oder jemals tun wird. Gott ist definitiv *kein* weichherziges Großväterchen, das seine Kinder nie zurechtweist. Aber genau wie die Liebe selbst es tut, sagt Gott Ja zu uns, selbst wenn wir Nein zu ihm sagen. Ich befürchte jedoch, dass einige Leute wegen ein paar extremer Zeilen im Buch andere Stellen übersehen, die mehr Ausgewogenheit schaffen.

„In Jesus habe ich allen Menschen ihre Sünden gegen mich vergeben", sagt Papa (S. 260). Einige Christen werden sicher über solch eine erstaunliche Aussage herfallen, da sie ihre Mitmenschen als „Sünder auf dem Weg zur Hölle" betrachten. Einige von uns wollen anderen nur dann Vergebung zugestehen, wenn diese sich nach allen Regeln der Kunst bekehrt haben. Die meisten konservativen Kirchen lehren, dass der Zorn Gottes die Nichtgläubigen ungebremst trifft und zur Hölle schickt.

Young hält solche Gedanken für irreführend. So ist Gott nicht, und wir sollten Menschen, die er liebt, nicht so sehen (und er liebt *jeden* Menschen). Dieser Punkt ist keine Nebensache; er gehört zum Kern der Botschaft von *Die Hütte*. Der Autor wünscht sich von allen Christen, doch besonders von konservativen, dass sie ihre Sicht über Gott und Menschen verändern. Im Gegensatz zur weit verbreiteten Meinung ist Gott kein strenger Richter, der zuerst mal eine lange Liste von Forderungen an uns stellt, bevor er uns vergibt. Uns wurde schon vergeben, sagt *Die Hütte*. Ist dieser Punkt biblisch und theologisch stimmig?

Das Herz des Vaters

Beginnen wir mit Gottes Charakter in *Die Hütte*. Wie ist Gott? Wie steht er zu uns? *Die Hütte* unterstreicht ganz klar das biblische Vaterbild Gottes und benutzt es als Leitmotiv für Gottes Darstellung. Der Name *Papa* ist hier bereits sehr vielsagend. Der Autor übersetzt damit den Namen, den Jesus häufig für Gott benutzt, *Abba*, was in der damaligen Kultur ein Ausdruck der Vertrautheit dem eigenen Vater gegenüber war – eben ähnlich wie unser heutiges *Papa*. Gott *Abba* zu nennen war zu Jesu Zeiten revolutionär: Es bezeichnet einen liebevollen Vater, der seinen Kindern gegenüber durch und durch wohlwollend ist, anstatt sie mit Argusaugen zu überwachen und jedes

Fehlverhalten zu bestrafen. In *Die Hütte* sind alle anderen biblischen Gottesbilder diesem Bild untergeordnet. Dafür gibt es auch einen Grund.

Papa sagt zu Mack: „Der Gott, der existiert – der ich bin, der ich bin –, kann nicht ohne Liebe handeln!" (S. 116). Doch welchen Beweis haben wir, dass dies die alles bestimmende Charaktereigenschaft und Haltung Gottes uns gegenüber ist?

Das Kreuz Jesu Christi. Für Young ist es *die* Offenbarung des Herzens Gottes, das voller aufopferungsvoller Liebe ist. Mack sagt zu Papa: „Es tut mir so leid, dass Jesus sterben musste." Gott sagt zu Mack: „Ich weiß, und ich danke dir dafür. Aber du solltest wissen, dass es uns überhaupt nicht leidtut. Die Sache war es wert. Habe ich recht, Sohn?" Jesus erwidert: „Absolut! (...) Und ich hätte es sogar getan, wenn es nur für *dich* geschehen wäre, aber so war es nicht!" (S. 117).

Später gibt Mack etwas zu: Wie vielen anderen auch hat das Kreuz es ihm leichter gemacht, Jesus lieber zu mögen als den Vater (Papa). Mack ist anscheinend mit der Vorstellung groß geworden, dass Gott sich mit dem Tod von Jesus am Kreuz eine Art Genugtuung geholt hat. Sprich, Jesus hat sich bereiterklärt, unsere Strafe auf sich zu nehmen, um den Zorn des Vaters zu besänftigen.

Papa korrigiert Macks (und unsere) falsche Vorstellung davon, was es mit dem Kreuz auf sich hat. Er erklärt Mack, dass Jesus einer von uns geworden ist, um uns zu zeigen, wer der Vater ist. Stattdessen spielen Leute den Vater und den Sohn häufig gegeneinander aus. Wenn sie andere dazu bringen wollen, das aus ihrer Sicht Richtige zu tun, sprechen sie von einem strengen Gott, der für gewöhnlich der Vater ist. Wenn sie Vergebung brauchen oder predigen wollen, wenden sie sich an Jesus. Papa korrigiert dieses gängige Missverständnis. Er erklärt Mack, dass Jesus am Kreuz das Herz des Vaters vollkommen offenbart hat: „Ich liebe dich und lade dich dazu ein, mich zu lieben."

In anderen Worten offenbart das Kreuz nicht nur die Liebe von Jesus für uns, sondern auch *Gottes* Liebe für uns. Das Kreuz ist kein Ausdruck von Gottes Zorn, sondern *der* ultimative Ausdruck seiner Liebe. Wie genau das geschah? Das ist eine tiefe und schwierige theologische Frage. Viele kluge Köpfe haben viele verschiedene Theorien entwickelt, um zu erklären, was genau am Kreuz geschah: wie das Opfer von Jesus uns rettet. *Die Hütte* sagt einfach nur, dass Gott durch den Tod und die Auferstehung von Jesus nun ganz mit der Welt versöhnt ist.

Dahinter steht der Gedanke, dass Jesus die Strafe bezahlt hat, die wir alle durch unsere Sünde verdient hätten. Aber William P. Young legt nie dar, wie genau das funktioniert hat. Eine Möglichkeit besteht darin, dass Gott zeigen musste, wie ernst er die Sünde nimmt. Deshalb kam er als Mensch in unsere sündhafte Welt und erlitt die Strafe, die wir verdient hatten. Wie Paulus in 2. Korinther 5,21 sagt: „Gott hat Christus, der ohne Sünde war, an unserer Stelle als Sünder verurteilt, damit wir durch ihn vor Gott als gerecht bestehen können." Und kurz davor sagt der Apostel: „In Christus hat Gott selbst gehandelt und hat die Menschen mit sich versöhnt. Er hat ihnen ihre Verfehlungen vergeben und rechnet sie nicht an" (V. 19).

Für Young ist das ein klarer Beweis, dass Gottes Haltung uns gegenüber in erster Linie von Liebe geprägt ist. Gott wollte mit uns versöhnt sein, doch unsere Sünde stand seiner Heiligkeit im Weg. Durch sein Leiden und seinen Tod hat Gott stellvertretend unsere Strafe auf sich genommen. Jetzt müssen wir die Strafe nicht mehr selbst tragen. Und damit ist die *ganze Welt* gemeint, wie Paulus in 2. Korinther 5 deutlich macht!

Es ist vollbracht

Gehe ich zu weit? Möchte der Autor das alles gar nicht sagen?

Doch, ich glaube, er möchte es. Papa und Mack führen ein schwieriges Gespräch über Missys Ermordung. Verständlicherweise hasst Mack den Mörder und will sich an ihm rächen. Er möchte, dass Gott den *Ladykiller* genauso hasst und ihn bestraft. Papa gibt Mack einen sanften Stups in Richtung Vergebung, indem er sagt, dass er auch den *Ladykiller* erlösen möchte. Da platzt es aus Mack heraus: „Ich will nicht, dass er erlöst wird! Ich will, dass du ihn bestrafst, ihn in die Hölle schickst …" (S. 259).

Doch Gott erklärt Mack geduldig, das sei nicht seine Art. Papa schaut Mack direkt in die Augen und sagt ihm, dass es durch das Kreuz kein Gesetz mehr gibt, das Gott dazu zwingt, die Sünden von Menschen in Erinnerung zu behalten. Die Sünde ist kein Störfaktor mehr in der Beziehung zwischen Gott und Mensch. Ich glaube, Young sieht im Kreuz eine ganz reale Transaktion: Das Gesetz, das früher Gott von den sündigen Menschen getrennt hat, ist erfüllt und hat damit seine Gültigkeit verloren.

Jetzt kommt der wirkliche Schocker: Mack denkt an den *Ladykiller* und sagt: „Aber dieser Mann …" Und Gott antwortet: „Aber auch er ist mein Sohn. Ich möchte ihn erlösen" (S. 259).

Heißt das, Gott hat ihm noch nicht vergeben? Nein, das will Young damit nicht sagen. Gott hat auch und sogar diesem Mörder vergeben. Mit „erlösen" meint er mehr als nur Vergebung; er meint eine echte Beziehung mit Gott, ein tiefes, komplettes Heilwerden. Vergebung führt nicht automatisch zu einer Beziehung zwischen Gott und Mensch. Gott hat dem *Ladykiller* bereits vergeben, genauso wie er Mack vergeben hat. Das wird deutlich, als Papa die Männer erwähnt, die Jesus kreuzigten – und damit das größte Verbrechen in der Geschichte begingen. Papa erklärt Mack, dass Jesus diesen Männern noch am Kreuz vergeben hat und sie deswegen Gott nichts mehr schuldig sind. Er sagt: „In meiner Beziehung zu diesen Männern werde ich ihnen niemals vorhalten, was sie getan haben. Ich werde ihnen niemals Vorwürfe machen oder sie verurteilen" (S. 260).

Laut Young hat Gott jedem Menschen bereits für alles vergeben. Das Kreuz hat ganz objektiv göttliche Vergebung geschaffen, und dazu ist weder richtiges Verhalten noch Buße notwendig. Als Jesus ausgerufen hat: „Es ist vollbracht!" (Johannes 19,30), da meinte er es auch genau so. Die Versöhnung zwischen Gott und Mensch ist unter Dach und Fach, weil Gottes Liebe das möglich gemacht hat – weil Gott Liebe ist.

Doch was ist mit Gottes Zorn? Der Apostel Paulus sagt: „Sein heiliger Zorn wird vom Himmel herab alle treffen, die Gott nicht ehren und seinen Willen missachten. Mit ihrem verkehrten Tun verdunkeln sie die offenkundige Wahrheit Gottes" (Römer 1,18). In der Bibel gibt es viele Stellen, in denen der Zorn Gottes erwähnt wird, und Mack kennt sie nur zu gut. So fragt er dann Papa auch: „Aber wenn du Gott bist, bist du dann nicht der, der seinen Zorn über die Welt ausgießt

und Menschen in brennende Seen aus Feuer wirft?"
(S. 136).

Gott entgegnet, dass er tatsächlich auch manchmal ärgerlich wird; welcher Vater würde das nicht? Aber was Zorn betrifft – da macht Papa nicht mit. Stattdessen sagt sie, dass sie – Gott – nicht das ist, was Mack von ihr denkt. Gott muss Leute nicht für ihre Sünden bestrafen. Die Sünde selbst ist Strafe genug, weil sie Menschen von innen her auffrisst. „Es ist nicht meine Absicht, jene zu bestrafen, die sündigen. Vielmehr ist es meine Freude, die Sünde zu heilen" (S. 136).

Als sei das noch nicht herausfordernd genug, setzt *Die Hütte* sogar noch eins drauf. Gott wird manchmal ärgerlich, ohne uns jedoch zu bestrafen und ist außerdem nie enttäuscht von uns!

In einer denkwürdigen Unterhaltung zwischen Papa und Mack, in der es um Erwartungen und Verantwortung geht, streitet Gott rundweg ab, dass er Erwartungen an uns hat oder jemals enttäuscht von uns ist. Doch das ist nicht so einfach, wie es scheint. Einige werden das als Hinweis nehmen, dass der Autor ein gefühlsbetonter Liberaler ist. Gewiss ist sein Gott eine Projizierung seiner eigenen Weichheit! Gott erklärt Mack jedoch, dass er keine fordernden Erwartungen hegt, sondern eher ein „ständiges, lebendiges Erwarten" (S. 239), das im Positiven alles für möglich hält, was bei Beziehungen besser funktioniert.

Ich greife hier schon ein bisschen voraus, aber der Gott in *Die Hütte* hat keine neutrale Haltung zu dem, was wir tun und lassen; es ist ihm durchaus wichtig, wie wir uns verhalten. Aber uns mit Erwartungen zu belasten würde uns lediglich in Schuldgefühle und Scham versinken lassen. Und das möchte Gott nicht. Er möchte eine lebendige, liebevolle Beziehung mit uns haben, in der wir ihm gefallen wollen.

Der Gott in *Die Hütte* ist wie der wartende Vater im Gleichnis vom Verlorenen Sohn. Gott vergibt seinen verlorenen Söhnen und Töchtern – jedem! – und nimmt dafür große Kosten auf sich. Gott ist ärgerlich, aber er ist nie enttäuscht von uns (mehr dazu später). Er hofft und freut sich auf unsere volle, bereitwillige Erwiderung seiner Liebe. Und Gott respektiert uns. Er sagt Mack, dass er Menschen für absolut wunderbar hält und dass wir trotz unserer schrecklichen, zerstörerischen Entscheidungen seine Achtung besitzen. Wir sind die Krone seiner Schöpfung und das Herzstück seiner Zuneigung.

Wenn Young sagt, dass Gott uns achtet, soll das heißen: Gott respektiert unsere Entscheidungsfreiheit, selbst wenn er weiß, dass unsere Entscheidungen nicht zu unserem eigenen Besten sind. Er lässt auch zu, dass wir seine Einladung zu einer Beziehung mit ihm ablehnen, die durch das Kreuz ermöglicht wurde. Gott hat sich bereits für die Versöhnung entschieden; nun liegt es an uns, ob wir darauf eingehen wollen.

Sind wir nicht schuldig in Gottes Augen? *Die Hütte* verneint das. Gott sagt zu Mack: „Ich habe nichts übrig für Demütigungen, Schuldgefühle oder Verdammnis. Sie tragen nichts dazu bei, euch heiler und rechtschaffener zu machen, und deshalb wurden sie mit Jesus für immer ans Kreuz genagelt" (S. 258).

Das bedeutet allerdings nicht, dass jeder Mensch schon eine richtige Beziehung mit Gott hat. Ganz und gar nicht! Vergebung mündet nicht automatisch in einer Beziehung. Da kommt wieder die Tatsache ins Spiel, dass Gott uns respektiert. Es liegt an uns, nicht an Gott, ob wir eine Beziehung mit ihm eingehen. Doch selbst wenn wir uns gegen diese Beziehung entscheiden, hebt unser Nein sein Ja zu uns nicht auf. Das ist wirklich eine gute Nachricht – wenn sie wahr ist.

Gottes Zorn, Liebe und Vergebung

Ist das, was wir in *Die Hütte* über Gottes Charakter und seine Einstellung zu uns Sündern lesen, biblisch und theologisch richtig? Sollen wir dieser Darstellung glauben und sie uns zu eigen machen? Einige sprechen von einer Irrlehre. Ich gehöre nicht dazu, auch wenn ich nicht zu 100 % mit Young übereinstimme.

Es ist ziemlich klar, dass *Die Hütte* nicht den Anspruch erhebt, *alles* einzubeziehen, was die Bibel über Gott zu sagen hat. Das Buch lässt möglicherweise einige Aspekte und Eigenschaften Gottes außer Acht. Ich nehme an, dass der Autor an die sogenannte „progressive Offenbarung" glaubt, wonach die späteren Bücher der Bibel und besonders Jesus in den Evangelien alles andere erklären. Die Liebe von Jesus und dem Vater, von der er spricht, wird in *Die Hütte* ganz groß geschrieben. Demzufolge sollen wir Gott hauptsächlich wie den Vater im Gleichnis vom Verloren Sohn verstehen. Die Teile der Bibel, die im Widerspruch zur Sicht des Autors zu stehen scheinen, werden angesichts der durch Jesus ausgedrückten Liebe Gottes relativiert.

Ist das ein guter Ansatz? Ohne Frage birgt er Risiken. Wir müssen aufpassen, dass wir uns nicht nur das aus der Bibel ziehen, was wir als tröstlich oder hilfreich empfinden. Die Botschaft der Bibel ist uns nicht nur zum Trost bestimmt, und Young gibt das auch zu. Trotzdem frage ich mich, ob der Autor dem ganzheitlichen Bild Gottes gerecht wird, das sich aus der Bibel ergibt.

Gott ist in erster Linie Liebe und kann nichts außerhalb der Liebe tun, das sehe ich auch so. Was und wie Gottes Zorn also auch sein mag, kann er nicht im Widerspruch zu seiner Liebe stehen. Ich stimme ebenfalls mit dem Punkt überein, dass Jesus unser klarster Hinweis auf Gottes Wesen ist. Schließlich hat er selbst zu seinen Jüngern gesagt: „Wer mich gesehen hat, hat den Vater gesehen" (Johannes 14,9). Das Herz Gottes schlägt im gleichen Takt mit dem Herzen Jesu, der über Jerusalem geweint und uns gesagt hat, dass wir unsere Feinde lieben sollen (Matthäus 5,44). Würde Gott uns etwas auftragen, das er selbst nicht tun kann oder will? Allgemein gesprochen pflichte ich *Die Hütte* bei: Gott ist anders, als viele von uns denken. Er ist vollkommene Liebe ohne einen Hauch von Hass. Deshalb muss auch sein Zorn ein Aspekt seiner Liebe sein. Vielleicht ist er das Brennen seiner Liebe gegenüber denen, die seine Liebe ablehnen und sich durch ihre Art zu leben gegen sie stellen.

Nachdem ich also im Großen und Ganzen mit *Die Hütte* übereingestimmt habe, wenn es um Gott geht, möchte ich nun einige Bedenken äußern. Zunächst einmal: Hat Gott wirklich schon jedem für alles vergeben, was er je getan hat und tun wird? Ich denke, es wäre besser zu sagen, dass Gott durch Jesus und das Kreuz die Grundlage für die Vergebung geschaffen hat; er hat alle nötigen Vorkehrungen getroffen, um uns alles zu vergeben. Er hat ein vergebungsbereites Herz für alle Menschen. Doch erleben wir diese Vergebung nur, wenn wir uns ihm ausliefern; wenn wir alle Verteidigungsmauern, die wir gegen seine Liebe errichtet haben, niederreißen und ihn als unsere einzige Hoffnung im Leben und im Tod annehmen.

Young hat vielleicht nicht an das gedacht, was Jesus gesagt hat, nachdem er die Jünger das Vaterunser gelehrt hat: „Wenn ihr den andern vergebt, was sie euch angetan haben, dann wird euer Vater im Himmel euch auch vergeben." (Matthäus 6,14).

Es wäre aus meiner Sicht schlüssiger gewesen, wenn Gott Mack gesagt hätte, dass er jederzeit bereit ist zu vergeben, er es jedoch nicht kann, bis die Betroffenen bestimmte Bedingungen erfüllen. Nur Glaube ist nötig (Epheser 2,8-9). Wie *Die Hütte* die Vergebung Gottes darstellt, klingt mir zu automatisch.

Außerdem bezweifle ich, dass Gott wirklich nie von uns enttäuscht ist, uns für unsere Vergehen nie zur Verantwortung zieht und uns nie bestraft. Das steht einfach nicht im Einklang mit echter Liebe, zumal die Bibel an verschiedenen Stellen ganz klar zu verstehen gibt, dass Gott von seinem Volk oder von Einzelpersonen enttäuscht ist. Immer wieder tut das Volk Israel Dinge, die Gott so nicht wollte. Im Buch Hosea ist Gott zum Beispiel enttäuscht, dass Israel sich dem Götzendienst hingegeben hat, so, wie eine untreue Frau ihren Ehemann enttäuscht. Und was ist mit Gottes Reue darüber, dass er die Menschen überhaupt gemacht und Israel erwählt hat? Was hat Jesus wohl empfunden, als Petrus ihn verleugnete? Und ebenso heißt es in der Bibel mehrfach, dass Gott Menschen bestraft, die anderen schreckliche Dinge antun. „Es wäre besser für ihn, man würde ihn mit einem Mühlstein um den Hals ins Meer werfen, als dass er einen von diesen Kleinen zum Bösen verführt" (Lukas 17,2). Gott warnt in der Bibel die Übeltäter immer wieder vor seinem Gericht und Bestrafung.

Kann man das mit Gottes väterlicher Liebe in Einklang bringen? Ja. William P. Young hat absolut recht in dem, was er im Hinblick auf Gott bejaht, aber er liegt meiner Meinung nach daneben in dem, was er verneint. Gott ist Liebe und tut nie etwas ohne Liebe. Aber er hegt auch Erwartungen und ist enttäuscht von uns, wenn wir sie – mit seiner Hilfe – nicht erfüllen. Auch bestraft er Schuldige, jedoch ohne dabei von Rache oder Hass getrieben zu sein. Das alles passt aus meiner Sicht durchaus zu seiner grundlegenden Liebe.

Wir können der Darstellung von Gottes Wesen in *Die Hütte* viel abgewinnen, ohne unbedingt die extremeren Aspekte komplett gut zu heißen. Das Buch bietet eine wunderbare Korrektur so vieler falscher Gottesvorstellungen in unseren Gemeinden und der Gesellschaft. Der zornige Richter, der knauserig mit seiner Liebe umgeht und nur ungern Freisprüche gewährt, passt nicht zum barmherzigen Vater von Jesus. Aber wir müssen vorsichtig sein, das Kind nicht mit dem Bade auszuschütten und zusammen mit dem blutrünstigen Gott auch gleich noch Gottes Gerechtigkeit und Heiligkeit abzulehnen.

Ein schmerzvoller Zufluchtsort

Das führt unweigerlich zum Thema „Hölle". Was ist die Hölle für den Autor von *Die Hütte*? Er sagt uns, dass Gott niemanden für die Hölle bestimmt und deutet auch an, dass Gott niemanden in die Hölle schickt. Als Veranschaulichung dieser Wahrheiten wendet sich Sophia, die Personifizierung von Gottes Weisheit, an Mack und fordert ihn auf, seine fünf Kinder einzuteilen: Er soll zwei von ihnen auswählen, die Ewigkeit im Himmel zu verbringen, und drei von ihnen auf ewig in die Hölle schicken. Es ist eine herzzerreißende Szene. Natürlich weigert sich Mack, das zu tun. Immerhin ist er ein liebender Vater, und welcher Vater würde so etwas machen?

Und wenn die Bezeichnung „Vater" für Gott uns irgendetwas bedeutet, dann stellen wir ihn uns als überirdisch guten Vater vor. Ein bisschen so wie Mack, der ganz entschieden ablehnt, Sophias Aufforderung anzunehmen. Er fleht Sophia an, lieber ihn selbst in die Hölle zu schicken, als eins seiner Kinder zu opfern. Sophia lenkt ein und sagt: „Nun klingst du wie Jesus. (…) Das ist die Art, wie Jesus liebt" (S. 187). Aus dem Zusammenhang wird deutlich, dass auch Gott selbst so liebt – wie ein wahrer Vater.

Das sagt uns allerdings noch nicht viel über die Hölle. Wir wissen immer noch nicht recht, wie Young die Hölle sieht. Aber es ist nicht schwer zu erraten. Der Logik des Buches zufolge ist die Hölle ein „schmerzvoller Zufluchtsort" für Menschen, die Gottes Liebe hartnäckig widerstehen. In seinem Buch *Die große Scheidung* (Johannes Verlag Einsiedeln, 11. Auflage 2008) hat C.S. Lewis ein Bild von der Hölle entworfen, das gut zum Gottes- und Menschenbild in *Die Hütte* passt. Dem zufolge ist die Hölle kein Ort, an den Gott Sünder schickt, sondern an den die Menschen sich zurückziehen, die Gottes Liebe widerstehen und die Ewigkeit nicht mit ihm verbringen wollen. Die Hölle ist keine von Gott verwaltete Folterkammer; sie besteht einfach aus der Qual, auf ewig getrennt von allem Guten und allein mit seinem eigenen höllischen Charakter zu leben.

Wenn man *Die Hütte* logisch durchdenkt, dürfte Gott die Menschen, die in diese Hölle fliehen, nie vergessen oder aufgeben. Ein Gott wie der aus *Die Hütte* würde ihnen bis in Ewigkeit nachgehen, auch wenn wenig Aussicht besteht, dass sie irgendwann seine Liebe und Vergebung annehmen.

Ein gutes Erkennungszeichen für Wahrheit ist, dass sie die Geplagten beruhigt und die allzu Ruhigen plagt – Leute, die selbstgefällig leben und sich um ihren geistlichen Zustand wenig scheren. Für die Geplagten ist *Die Hütte* wunderbar und heilsam. Aber die allzu Ruhigen brauchen etwas anderes.

Was hat Gott mit uns vor?

Das Böse und die Erlösung – darum geht es in *Die Hütte*. Mitreißend beschreibt das Buch die Lage des Menschen und Gottes verändernde Kraft. In diesem Kapitel werden wir in Augenschein nehmen, wie der Autor die Sünde, das Böse und unsere Erlösung darstellt. Wahrscheinlich wissen die meisten Menschen in unserer Zeit gar nicht mehr genau, was die Begriffe „Sünde", „das Böse" und „Erlösung" überhaupt bedeuten. Es gibt keine übereinstimmende Meinung darüber und die Lehren in den Kirchen sind zu dieser Thematik oft nicht klar.

Umstrittene Begriffe

Das „Böse" ist kein beliebter Ausdruck. Politiker, Wirtschaftsbosse und Entertainer benutzen ihn nicht oft. Und wenn sie es doch tun, ist es meist verwirrend. Vor einigen Jahren sprach Präsident Ronald Reagan von einem „Reich des Bösen" und George W. Bush hat drei Länder als „Achse des Bösen" bezeichnet. Beide wurden dafür heftig kritisiert. Weiß jemand überhaupt, was „das Böse" genau sein soll? Und wie passt es zu einem vollkommen guten, allmächtigen Gott, der alles erschaffen hat und in der Welt das Sagen hat?

Der Psychologe M. Scott Peck hat dazu beigetragen, den Begriff „das Böse" unter gebildeten Menschen wieder salonfähig zu machen. In seinem Buch *People of the Lie* („Das Volk der Lüge") erzählt Peck von seinen eigenen Erfahrungen mit etwas, das er in keinem Lexikon oder psychiatrischen Wörterbuch finden konnte. Er nannte das bestürzende Phänomen, das ihm immer wieder begegnete, „böse", was für Aufruhr unter seinen Kollegen sorgte. Doch Peck bestand darauf: Einige Menschen verhalten sich derart grausam und destruktiv, dass man ihr Verhalten nur als „böse" bezeichnen kann. Kein anderer Begriff wird diesem Phänomen gerecht.

„Sünde" und „Erlösung" sind in der heutigen Gesellschaft genauso umstrittene Begriffe. Ist Sünde nicht einfach Unwissenheit? Können wir sie nicht durch soziale Veränderungen loswerden? Und der Begriff „Erlösung" ruft Bilder von Zeltevangelisationen, Straßenpredigern und Zeugen Jehovas hervor, die von Tür zu Tür gehen. Sind diese Begriffe heute überhaupt noch brauchbar?

Die Hütte benutzt die Wörter „Sünde" und „Erlösung" nicht oft, doch ihre Realität macht den Kern der Geschichte aus. Das Böse gibt es. Sünde ist die Ursache und Erlösung das Heilmittel. Und das kann man am besten durch eine gute Geschichte vermitteln, wie Jesus nur zu gut wusste!

Das Böse ist nicht ...

Wenn wir vom „Bösen" hören, weckt das in uns meist Bilder vom Holocaust oder von Terroranschlägen. Doch was genau ist das Böse? Ist es irgendein „Etwas"? Lauert das Böse in den dunklen Ecken unserer Welt und vielleicht auch in den dunklen Ecken unserer Seele? Warum gibt es Böses in einer Welt, welche – wie die Bibel sagt – von einem vollkommen guten Gott erschaffen wurde, dem nichts unmöglich ist? Wie ich bereits erwähnt habe, hat jemand das Problem des Bösen den „Fels des Atheismus" genannt. Viele Atheisten und Agnostiker argumentieren, dass man angesichts der geschichtlichen Gräuel – darunter besonders der Holocaust – unmöglich an Gott glauben kann. Denn was wäre das für ein Gott!

Die Hütte bedient sich einer gängigen und doch eher wenig bekannten Antwort und legt sie Gott selbst in den Mund. In Gestalt von Sarayu sagt Gott: „Mackenzie, ‚böse' ist ein Wort, das wir verwenden, um die Abwesenheit des Guten zu beschreiben, so wie wir das Wort ‚Dunkelheit' benutzen, um die Abwesenheit des Lichtes zu beschreiben, oder ‚Tod', um die Abwesenheit des Lebens zu beschreiben. Sowohl das Böse wie auch die Dunkelheit kann man nur in Relation zu dem Licht und dem Guten begreifen. Sie besitzen keine wirkliche Existenz" (S. 155-156).

Meint der Autor von *Die Hütte* damit, dass es das Böse gar nicht gibt? Nein, ganz und gar nicht. Aber er drückt sich etwas missverständlich aus.

Young möchte uns ein christliches Konzept aus der Antike nahelegen, das zuerst von den alten Kirchenvätern formuliert wurde. Auch sie nannten das Böse den „Mangel an Gutem". Aber damit wollten Gregor von Nyssa, Augustinus von Hippo und alle anderen christlichen Philosophen und Theologen nicht sagen, dass es das Böse nicht gibt. Wer kann die Tageszeitung lesen und nicht an die Existenz des Bösen glauben?

Ein einfaches Beispiel kann vielleicht verdeutlichen, in welchem Sinn das Böse eine „Abwesenheit" ist. Als

Kind habe ich zusammen mit meiner Familie eine Tour durch die Höhlen in den Black Hills von South Dakota gemacht. Der Gruppenführer wies alle an, sich auf einige Felsvorsprünge in einem großen Höhlenraum zu setzen. Dann machte er das Licht aus. Sofort war es absolut pechschwarz. Ich konnte nicht einmal mehr meine Hand vor Augen sehen. Es war, als wäre ich vollkommen blind. Und diese Dunkelheit hat sich sehr real angefühlt – weil sie ja auch Realität war. Aber sie war trotzdem nur die Abwesenheit des Lichts. Meine Höhlenerfahrung ist mir all die Jahre lebhaft im Gedächtnis geblieben, weil der Gruppenführer aus irgendeinem Grund das Licht nicht wieder an bekam und uns dort im Dunkeln zurücklassen musste, um es zu reparieren. Wir mussten dort ungefähr eine halbe Stunde lang in absoluter Dunkelheit sitzen bleiben – in der Abwesenheit von Licht. Die Dunkelheit gibt es wirklich, das können Sie mir glauben!

Das heißt: Dunkelheit ist eine Realität, genauso wie das Böse. Beide gibt es als Zustand der Abwesenheit oder Leere. Trotzdem hat Gott das Böse nicht erschaffen; das haben seine Geschöpfe getan. Na gut, genau genommen hat es niemand *erschaffen*, weil es gar nicht erschaffen werden kann. Wir haben es herbeigeführt, indem wir uns vom vollkommenen Willen Gottes abgewandt haben. Wir alle sind in diesem Zustand der Abwesenheit des Guten, den wir das „Böse" nennen, gefangen.

Einigen Leuten gefällt diese Sichtweise nicht. Mack hat sie auch nicht gefallen, zumindest am Anfang nicht. Das ist verständlich. Missy wurde gekidnappt und ermordet, und das ist ganz eindeutig böse! Wie kann Gott oder irgendjemand anders sagen, so etwas sei „nur die Abwesenheit des Guten"? Aber wir sollten das Wort „nur" vielleicht nicht benutzen. Als ich als Kind in der dunklen

Höhle saß, dachte ich nicht: *Das ist* nur *die Abwesenheit von Licht*. Die Abwesenheit einer Sache kann unglaublich präsent sein, voller Schrecken und Hoffnungslosigkeit.

Das Böse ist eine starke Macht, ein schwarzes Loch, das alles und jeden verschlingt, obwohl es für sich genommen nicht existiert. Und daran haben wir Schuld, nicht Gott. An diesem Punkt hat der Autor von *Die Hütte* völlig recht.

Ich frage mich jedoch, wo bei alledem der Teufel und die geistlichen „Mächte und Gewalten" geblieben sind. Welche Rolle spielen sie in dieser Geschichte, in der es um das Böse und die Erlösung geht? Obwohl ich nicht gern über diese Dimension des Bösen spreche, hält die Bibel doch nicht damit hinterm Berg. Da sollte ein Buch wie *Die Hütte* doch eigentlich versuchen, Satan und seine Dämonen irgendwo in die Geschichte einzufügen – einfach, weil die Bibel es auch tut.

Zwar ist auch der dämonische Bereich nicht die Ursache des Bösen; das sind immer noch wir. Aber in der Bibel steht, dass wir manchmal nicht gegen irdische Gegner kämpfen und dass Satan wie „ein brüllender Löwe umher[geht] und sucht, wen er verschlingen kann" (1. Petrus 5,8). Sollte da *Die Hütte* nicht irgendetwas über die Rolle sagen, die Satan in Vorkommnissen wie Missys Ermordung spielt?

Unsere Unabhängigkeitserklärung

Das Böse ist also eine mächtige Leere, die entstanden ist, weil der Mensch von Gott abtrünnig wurde. Ein damit verwandter Begriff ist „Sünde". *Die Hütte* benutzt das

Wort nicht sehr häufig, was einige zur Schlussfolgerung verleiten mag, dass Young zu nachsichtig mit dem Thema ist. Wenn man die Geschichte jedoch genauer liest, merkt man: Young spricht sehr viel von der Sünde, auch wenn das Wort nicht oft explizit genannt wird. Es ist die Sünde, die zum Bösen führt, und sie ist eine schreckliche Realität, die an der Wurzel all des Chaos, der Anarchie und Gesetzlosigkeit unserer Welt liegt.

Die Hütte betrachtet Sünde als menschliche Unabhängigkeitserklärung an Gott. Gott tadelt Mack – und damit jeden Menschen – häufig für seine Unabhängigkeit von ihm. Nur Geschöpfe können sündigen, und sie tun es ständig und aus allen möglichen Gründen. Sie wenden sich von Gott ab und ihren eigenen Egos zu. Menschen verfallen dem Götzendienst am Ich. Wir beten uns selbst statt Gott an. Die meisten von uns würden das nie so ausdrücken, aber genau das tun wir. Wir tun es jedes Mal, wenn wir uns Gottes Rolle anmaßen, um zwischen Gut und Böse zu unterscheiden.

Als Mack Sarayu fragt, wie die Welt wieder in Ordnung kommen kann, sagt sie, dass die Menschen ihr Recht aufgeben müssen, Gut und Böse anhand ihrer eigenen Vorstellungen zu beurteilen. Sie müssen ihre Unabhängigkeit von Gott aufgeben, weil sie dadurch nur noch tiefer in die Dunkelheit stürzen. Schlussendlich führt das zum Tod, weil wir uns damit von der Lebensquelle – von Gott selbst – abgeschnitten haben. *Die Hütte* zufolge ist die Welt deshalb von all dem Guten, das sie einmal besaß, weggedriftet, weil sich Menschen frei dazu entschieden haben, ohne Gott zu leben. Jetzt beurteilen wir alles anhand unserer eigenen Interessen und nicht mehr anhand von Gottes Güte. Der Autor führt diese Problematik auf den Sündenfall in Eden zurück: „Die Entscheidung, von diesem Baum zu essen, hat das ganze Universum in zwei Teile gespalten und die spirituelle Form von der physischen getrennt. Sie starben, und mit dem Atem ihrer Entscheidung vertrieben sie den Atem Gottes. Dass das ein Problem ist, kann man wohl sagen!" (S. 154).

Das Böse ist durch die Sünde gekommen, und die Sünde ist durch unsere Abkehr von Gott gekommen – den Sündenfall. Das Menschenbild in *Die Hütte* ist ziemlich düster. Aber bibeltreue Christen jeder Couleur haben diese Dinge schon immer gelehrt. Der Mensch, nicht Gott, hat Schuld an der Sünde und dem Bösen. Beide sind Realität in unserer Welt, weil wir die gute Gabe des freien Willens missbraucht haben. Das Problem liegt nicht an einer bösen Substanz oder Macht, die von uns Besitz ergreift, sondern an der schlechten menschlichen Angewohnheit, in Unabhängigkeit von Gott zu leben. Überall sind Menschen so, und es gibt keinen vernünftigen Grund dafür. Die Bibel nennt diese schlechte Angewohnheit das „Geheimnis der Bosheit" (2. Thessalonicher 2,7; Luther).

Unsere Sünde hat unsere Gottesbeziehung zerbrochen. *Die Hütte* betont, dass unsere Beziehung zu Gott gestört ist, wodurch alles um uns herum zerfällt. Doch Gott möchte uns wiederherstellen. Er möchte, dass wir wieder genesen. Er möchte unsere Beziehung zu ihm heilen (was wörtlich „wieder ganz werden" heißt) und ist bereit, an unserer Stelle alles Nötige dafür zu tun. Genau das ist Erlösung.

Die Hütte sieht die Sünde als zerbrochene Gottesbeziehung, die zu allen anderen Sünden führt. Damit stimme ich überein. Allerdings frage ich mich, ob unsere missliche Lage, in die uns die Sünde geführt hat, im Buch tiefgründig genug behandelt wird. Laut Epheser 2,1-2 sind wir alle „tot; denn ihr wart Gott ungehorsam und habt gesündigt. Ihr habt nach der Art dieser Welt gelebt und euch jener Geistesmacht unterworfen, die ihr Reich zwischen Himmel und Erde hat und von dort her ihre Herrschaft über diese Welt ausübt. Sie wirkt noch jetzt als Geist der Verführung in den Menschen, die sich Gott nicht unterstellen."

Das biblische Bild von der Menschheit ohne Gott ist, gelinde gesagt, trüb. *Die Hütte* streitet das nicht ab, aber es wird dem biblischen Bild auch nicht ganz gerecht, und zwar deshalb nicht, weil im Buch vorausgesetzt wird, dass wir selbst den Anstoß für eine echte Beziehung mit Gott geben können. Wir können frei auf seine Liebe reagieren, ohne dazu Gottes übernatürliches, veränderndes Wirken in uns zu benötigen.

Gebrochene Beziehungen heilen

Das Werk der Erlösung beginnt mit Gott selbst. *Die Hütte* und die Geschichte des Christentums lehrt uns, dass sich gefallene Menschen nicht selbst helfen können; sie können sich nicht am eigenen Schopf aus dem Sumpf ziehen. Zuerst muss von Gottes Seite her die gebrochene Beziehung geheilt werden. Der Autor von *Die Hütte* macht unmissverständlich klar, dass die Sünde nicht nur uns geschädigt hat; sie hat auch Gott geschädigt. Sprich, Gott konnte Menschen nicht einfach vergeben, ohne sich um ihre Schuld zu scheren. Die Lösung ist Jesus und sein Tod am Kreuz.

Mack fragt, was Jesus eigentlich genau am Kreuz vollbracht hat, und Gott erklärt ihm, dass sich Gott durch

Jesu Tod und Auferstehung komplett mit der Welt ausgesöhnt hat. Noch genauer gesagt hat Gott die Welt mit sich selbst ausgesöhnt und sich selbst mit der Welt. Wie genau das funktioniert hat, sagt das Buch nicht; es wird einfach als Tatsache dargelegt.

Die Sünde hat Gott ein Problem bereitet. Er wollte die gebrochene Beziehung zu den Menschen heilen, weil er die Welt und jeden, der auf ihr lebt, liebt. Aber er konnte nicht einfach mit einem Zauberstab wedeln und sagen: „Sünde ist nicht weiter schlimm; euch ist alles vergeben", ohne, dass ein Preis bezahlt oder eine Strafe erlitten wird. Durch Jesus hat Gott genau das getan, und nun ist er wieder voll mit der Welt ausgesöhnt. Was Gott betrifft, ist die gebrochene Beziehung bereits wiederhergestellt. Jetzt liegt es an uns, etwas zu tun.

Mack fragt Gott zu seiner Aussöhnung mit der Welt: „Mit der ganzen Welt? Du meinst mit jenen, die an dich glauben, oder?" Gott erwidert: „Mit der ganzen Welt, Mack." Versöhnung, erklärt Gott, ist keine Einbahnstraße. Gott hat seinen Teil getan, „absolut, vollständig und für alle Zeiten". Gott sagt Mack, dass Liebe keine Beziehung erzwingen kann; Liebe kann einer Beziehung nur die Tür öffnen (S. 222). Was meint William P. Young damit?

Ich schätze, er möchte damit sagen: Durch das Kreuz ist jedem Menschen im Grunde vergeben. Jeder ist mit Gott versöhnt. Keiner wird ausgeschlossen. Doch wie bei einer Amnestie darf man die Versöhnung nicht ablehnen, wenn sie einem nutzen soll. Gott hat den Weg für eine wiederhergestellte Beziehung gebahnt; alles andere ist unsere Sache. *Die Hütte* macht sonnenklar, dass durch Vergebung noch keine Beziehung etabliert wird. Für eine Beziehung muss derjenige, dem vergeben wurde, ein Echo geben.

Die Darstellung unserer Erlösung in *Die Hütte* erwärmt das Herz, doch biblisch gesehen reicht sie nicht ganz aus. Was fehlt? Die alte biblische und christliche Wahrheit der *Wiederherstellung*, womit gemeint ist: wiedergeboren, zum Leben erweckt, im Sinne Gottes neu erschaffen zu werden. „Wenn also ein Mensch zu Christus gehört, ist er schon »neue Schöpfung«. Was er früher war, ist vorbei; etwas ganz Neues hat begonnen" (2. Korinther 5,17).

Dieses Wirken Gottes in uns überwindet die geistliche Lähmung, die wir von unseren Eltern und Vorfahren geerbt haben. Young möchte mit dem Konzept einer geheilten Beziehung die gesamte Erlösung unter Dach und Fach bringen, und daran ist auch zunächst einmal nichts auszusetzen. Nur ist es nicht die ganze Geschichte. Unsere Beziehung mit unserem himmlischen Vater kann überhaupt nur wiederhergestellt werden, weil der Heilige Geist in uns wirkt. Ohne dieses Handeln des Geistes würden wir nicht einmal eine neue Beziehung zum Vater haben *wollen*! Und das erfordert mehr als lange Unterhaltungen mit Gott; es braucht einen starken Eingriff in unser Innerstes, wo uns der Geist Gottes neu schafft, damit wir wiederhergestellt werden und mit Gott Gemeinschaft haben können.

Ein freiwilliges Echo

Selbst unser Echo auf Gott wird von Gott in uns geschaffen. Das ist aber eindeutig nicht die Sicht in *Die Hütte*. Immer wieder verweist Young auf unsere freiwillige Reaktion. *Was müssen wir tun?*, das ist die Frage im Buch. Die Antwort darauf wird von verschiedenen Richtungen angegangen, doch stets ist die von uns geforderte Reaktion *freiwillig*. Sie kommt von *uns*; Gott erzeugt sie nicht in uns.

Hier muss ich kurz pausieren und ein wenig theologisch werden. Einige Christen halten Gott für die alles bestimmende Realität. Auf irgendeine verborgene und geheimnisvolle Weise ist Gott letztendlich doch die Ursache von allem. Der Autor von *Die Hütte* glaubt nicht daran, dass Gott alles bestimmt, auch nicht indirekt oder im Verborgenen. Nichts könnte deutlicher sein. Vor allem manipuliert Gott niemanden oder – wie einige Christen glauben – macht sich Menschen zu Willen, damit sie auf ihn reagieren. Ob sie auf Gott reagieren oder nicht, liegt vollkommen in ihrer eigenen Hand. Zwar ist der menschliche Wille durch den Sündenfall an die Sünde gebunden, aber in seiner Gnade gibt Gott jedem die Möglichkeit, frei zu entscheiden, ob er auf sein Angebot reagieren will oder nicht.

Beide Sichtweisen bewegen sich im Rahmen des bibeltreuen, orthodoxen Christentums. Beide können sich auf die Bibel berufen und starke Verfechter unter den Kirchenvätern und Reformatoren finden. Beide bejahen ganz klar, dass wir Gott einzig und allein durch seine Gnade begegnen können.

Im Umgang mit dem Thema Erlösung in *Die Hütte* gibt es allerdings einen Punkt, der nicht ganz zur klassischen christlichen Theologie passt. Das Buch scheint eine zu starke Betonung auf den freien Willen des Menschen zu legen, zu Lasten von Gottes Gnade. Die Bibel und die klassische christliche Theologie lehren uns, dass ein Mensch nur durch Gottes Gnade überhaupt die Fähigkeit hat, auf Gottes ausgestreckte Hand zu reagieren. Theologisch ausgedrückt nennt man das die „vorausgehende"

Gnade. Gottes Gnade gibt den Anstoß für die Beziehung und ermöglicht das menschliche Echo, ohne uns dadurch etwas aufzuzwingen. Sie heilt die tödliche Wunde der Sünde, die unseren Willen an die ewige Rebellion gegen Gott kettet. So ist es also nicht unser Verdienst, wenn wir auf Gott reagieren und unsere Beziehung wiederhergestellt wird. Erlösung ist eine Gabe, vom Anfang bis zum Ende (Epheser 2,8-9).

Es kommt mir so vor, als lasse *Die Hütte* die vorausgehende Gnade außer Acht. Zumindest macht Young die Andeutung, dass wir auch ohne Hilfe von Gott positiv auf seine Einladung reagieren und eine wiederhergestellte Beziehung mit ihm eingehen können. Auch wenn viele Christen sich dessen nicht bewusst sind, so haben doch alle christlichen Konfessionen in der Geschichte diese Idee abgelehnt. Moderne christliche Lieder, Redensarten und Fernsehsendungen vermitteln häufig einen anderen Eindruck, nämlich dass Gott auf unsere Initiative wartet.

Sollte Young mit diesem Standpunkt nicht übereinstimmen, hätte er die Wichtigkeit von Gottes Gnade, die vor unserer Erwiderung liegt, mehr hervorheben sollen, die in Philipper 2,12-13 betont wird: „Arbeitet an euch selbst mit Furcht und Zittern, damit ihr gerettet werdet! Ihr könnt es, denn Gott selbst bewirkt in euch nicht nur das Wollen, sondern auch das Vollbringen, so wie es ihm gefällt."

Die richtige Reaktion

Was hält *Die Hütte* für die notwendige und richtige Reaktion auf Gottes Angebot? Als erstes müssen wir unsere Unabhängigkeit aufgeben und uns wieder Gott zuwenden. Gott erklärt Mack, dass der Weg der Erlösung durch eine Umkehr geschieht: „Du musst *umkehren*. Dich wieder mir zuwenden. Kehre einfach zu mir zurück und gib deine Machtspiele und Manipulationsversuche auf" (S. 169). Diese Rückkehr nennt man im christlichen Jargon „Bekehrung".

Als zweites wird unsere Beziehung mit Gott wiederhergestellt, indem wir ihm vertrauen, anstatt einfach nur Regeln zu gehorchen. Gott zeigt Mack ganz klar, dass man durch das Einhalten von Regeln keine richtige Gottesbeziehung wiederfinden wird. Gott schockiert Mack, als er ihm sagt: „In Jesus unterliegst du *keinem* Gesetz. Alle Dinge sind erlaubt" (S. 234).

Das Gesetz, sagt Gott, sollte unsere Unfähigkeit offenbaren, durch unsere eigenen Werke gerecht zu werden. Martin Luther hat das schon vor langer Zeit gesagt, und dieser Gedanke hat die Reformation im 16. Jahrhundert ins Rollen gebracht. Doch Luther selbst würde sagen, dass er den Gedanken vom Apostel Paulus übernommen hat (Galater 3,19-29). Also vertritt Young damit keine neue Aussage oder gar Irrlehre. Doch wenn das Einhalten von Regeln nicht entscheidend ist, was dann?

In einer der einfachsten und gleichzeitig gewichtigsten Aussagen im Buch erklärt Gott Mack, dass er sich von Menschen wünscht, dass sie ihn einfach lieben und andere Menschen immer mehr lieben lernen, wie Gott sie liebt. Ein Hauptthema in *Die Hütte* ist *Vertrauen*. Gott möchte unser Vertrauen. Daraus wächst alles andere. Theologen nennen das „Rechtfertigung nur durch Glauben".

Gott geht noch einen Schritt weiter, als er über die Veränderung spricht, die er sich bei Mack (und uns) wünscht, damit wir wieder eine Beziehung mit ihm haben können.

Es gibt eine Stelle im Buch, da regt Gott Mack dazu an, sich von seiner Unabhängigkeit abzuwenden, indem er aufhört, Gottes Richter zu spielen. Er stellt die schädliche Unabhängigkeitserklärung des Menschen in eine Reihe mit dem Richten über Gott. Im Grunde sagen allzu unabhängige Menschen, dass sie besser Bescheid wissen als Gott. Das bedeutet es also, Gott zu vertrauen: ihn nicht zu richten, sondern an seine Güte zu glauben, egal was passiert. Wir müssen wieder so denken, wie ein kleines Kind seine Eltern sieht; wir verstehen zwar nicht alles, was sie tun, glauben aber uneingeschränkt, dass sie gut sind. Mit dem Unterschied, dass letzteres bei Gott auch wirklich zutrifft.

Der letzte Schritt im Prozess der Wiederherstellung ist der schwierigste für Mack und auch für die meisten von uns: anderen zu vergeben, die uns schreckliches Unrecht getan haben.

In einer Szene im Buch sieht Mack in einer Himmelsvision seinen eigenen Vater, der ihm alles andere als ein guter Vater gewesen ist. Mack rennt zu ihm und umarmt ihn. Das erscheint etwas zu einfach, etwas zu nett. Doch hinterher ist Mack wie von einer großen Last befreit. Am nächsten Tag sagt Gott ihm: „Dass du gestern deinem Vater vergeben hast, war ein wichtiger Schritt, der es dir ermöglicht, mich heute als Vater wahrzunehmen" (S. 256).

Dann kommt der allerschwierigste Teil. Gott fordert Mack auf, dem Monster zu vergeben, das seine Tochter gekidnappt und ermordet hat. Mack soll ihm sich selbst zuliebe vergeben, als auch dem Mörder zuliebe: „Denn du befreist dich von etwas, das dich sonst bei lebendigem Leib auffressen wird, das deine Freude zerstört und dich daran hindert, wirklich bedingungslos zu lieben. (…)

106

Und wenn du das tust, befreist du ihn von einer Bürde, die er trägt, ob er sich dessen bewusst ist oder nicht" (S. 260).

Als Mack begreift, dass er nicht vergessen muss, was der Mann getan hat und dass er auch keine Beziehung zu ihm haben muss, vergibt Mack am Ende dem *Kleinen Ladykiller*. Gott sagt Mack, dass Vergebung nicht bedeutet, jemanden zu entschuldigen. Genauso wenig bedeutet Vergebung, alle Hoffnung auf Gerechtigkeit aufzugeben. Gott erklärt Mack, dass sein Sinn für Gerechtigkeit ihm nicht verbietet, dem *Ladykiller* zu vergeben. Gott wird sich schon um die Gerechtigkeit kümmern. In anderen Worten: Sollte es Vergeltung geben, dann ist das Gottes Sache. Vergeltung Gott zu überlassen gehört zum Vertrauen dazu.

Das *Böse*, die *Sünde* und die *Erlösung*. Darum geht es in *Die Hütte*. Ist das solide, biblische Theologie? Sind diese Dinge wahr? Sollten Leser der Botschaft des Buches glauben? Einige Kritiker werden Sie sicher nötigen, ihr keinen Glauben zu schenken. Für einige lautet die Botschaft des Buches, dass Gott ein unbekümmertes Mütterchen ist, das uns maßlos verwöhnt und uns für unsere Taten nicht zur Rechenschaft zieht. Für andere lautet die Botschaft des Buches, dass uns Gott vollkommen vereinnahmen will und keinen Raum mehr für eigenständiges Denken und Handeln lässt. An beiden Kritikansätzen ist etwas dran, doch insgesamt gesehen ist die Botschaft des Buches über das Böse, die Sünde und Erlösung biblisch und theologisch richtig.

Kommen Kinderschänder in den Himmel?

Ich muss gestehen, ich schaue mir viel zu viele Krimi-Dokumentationen und Doku-Dramen im Fernsehen an. Mich fasziniert, wie unterschiedlich die Familien von Mordopfern auf den Täter reagieren. Dabei ist mir ein gängiges Verhaltensmuster aufgefallen: Die Familien des Opfers halten den Angeklagten fast immer für schuldig, selbst wenn es kaum Beweise gibt und die Person von der Jury entlastet wird. Ich erinnere mich an eine Dokumentation, in der ein Teenager beschuldigt wurde, ein Nachbarsmädchen umgebracht zu haben. Die Eltern des Mädchens spien Hasstiraden gegen ihn aus und wünschten ihm jedes nur denkbare Elend an den Hals. Jahre später, nachdem er einige Zeit im Gefängnis abgesessen hatte, wurde die Unschuld des Jungen bewiesen. Eine DNA-Analyse zeigte, dass jemand anderes die Tat begangen hatte. Interessanterweise wollten die Eltern des Mädchens keinen Kommentar dazu geben.

Noch faszinierender sind jedoch zwei grundlegend verschiedene Reaktionen der Opfer-Familien, wenn der Angeklagte für schuldig befunden wird. Viele, vielleicht die meisten, wünschen sich den Tod des Mörders. Einige wären sogar gern bereit, eigenhändig auf den Kolben zu drücken, mit dem das tödliche Gift injiziert wird. Ohne Frage hat sich die *Große Traurigkeit* ihres Lebens bemächtigt und ruft in ihnen diesen Hass hervor. Und wer könnte es ihnen verübeln? Wie würde es uns gehen, wenn unser Kind ermordet werden würde? Ich weiß nicht, wie ich mich fühlen oder wie ich reagieren würde. Aber ich bete für diese verbitterten und hasserfüllten Eltern der ermordeten Kinder.

Ab und zu gibt es jedoch auch eine andere Reaktion. Gelegentlich sagt eine Mutter oder ein Vater so etwas wie: „Ich habe ihm vergeben, dass er mein Kind umgebracht hat." Das kommt höchst selten vor und erzeugt meist Verwirrung. Wie kann ein Vater oder eine Mutter einem Menschen vergeben, der ihr Kind ermordet hat? Aber es kommt vor.

Am 2. Oktober 2006 stürmte ein Amokläufer eine Amisch-Schule in Pennsylvania und schoss auf 10 Mädchen, ehe er sich selber umbrachte. Fünf der Mädchen starben, fünf überlebten. Kurz darauf versammelte sich die ganze Amisch-Gemeinschaft und alle gemeinsam vergaben dem Mörder. Die Medien flippten geradezu aus. Wie konnten sie ihm einfach so vergeben? Talkshows gingen dieser Frage nach und fanden nicht viele Antworten. Dabei liegt es doch auf der Hand, dass ihre tiefe Beziehung zu Gott die Amischen dazu bewogen hatte.

Ich frage mich, was passiert wäre, wenn der Mörder überlebt hätte. Hätten die Amischen ihm genauso bereitwillig vergeben? Ich vermute schon. Hätten sie bei den Gerichtsverhandlungen gegen ihn ausgesagt? Das lässt sich schwer sagen. Aber die meisten Menschen hielten es für ein Wunder, dass sie dem toten Amokläufer vergeben haben.

Im Jahr 1956 flogen fünf amerikanische Missionare in den südamerikanischen Dschungel, um dort die *Huaorani*-Indianer (auch *Auca* genannt) mit dem Evangelium zu erreichen. Zu den fünf gehörten auch Nate Saint und Jim Elliott. Alle wurden von den Indianern getötet. Über das Ereignis, und besonders über dessen Folgen, wurden Bücher geschrieben und Filme gemacht. Anstatt Himmel und Hölle in Bewegung zu setzen, um die schuldigen Indianer gefangen zu nehmen und eventuell sogar zu töten, vergaben die Ehefrauen von Nate und Jim – Rachel Saint und Elisabeth Elliott – den Mördern ihrer Männer. Sie gingen sogar selbst in den Dschungel, um sich mit ihnen anzufreunden. Zu guter Letzt bekehrten sich durch die Arbeit der Frauen von Nate und Jim und ihrer erwachsenen Kinder dieselben Männer, die die fünf umgebracht hatten, zu Jesus Christus.

Eine schwierige Angelegenheit

Was sollen wir von solcher Vergebungsbereitschaft halten? *Die Hütte* handelt größtenteils davon. Vergebung ist das Herzstück der Geschichte, und zwar keine einfache Vergebung. Immerhin wurde Macks kleine Tochter von dem *Ladykiller* gekidnappt, vergewaltigt und ermordet. Gelinde gesagt hatte Mack mit seinen Gefühlen dem Mörder gegenüber und Gott gegenüber ziemlich zu kämpfen. Auch kämpfte er mit sich selbst, da er das Gefühl hatte, mit schuldig zu sein. Seine Tochter wurde entführt, als er mit etwas anderem beschäftigt war. Die Große Traurigkeit, die an Mack zehrte, beinhaltete einen Mangel an Vergebungsbereitschaft. Nicht nur dem Mörder gegenüber. Macks Begegnung mit Gott legt offen, dass fast alle seine geistlichen Probleme darauf zurückzuführen sind, dass Mack einen schlechten Vater hatte und diesem bisher nicht vergeben konnte.

Zu vergeben – das ist eines der schwierigsten Dinge im Leben, besonders wenn es um Kinderschänder geht.

Sollen wir glauben, dass Gott Kinderschändern und Mördern vergibt und sie in den Himmel lässt? Wollen wir überhaupt in einem Himmel sein, der von solchen Menschen bevölkert ist? Das sind grundlegende geistliche Fragen, die eine ganz urmenschliche Seite in uns ansprechen. In unserer Gesellschaft kann man nicht tiefer sinken, als ein Kinderschänder zu sein. Ein Priester, der überführt wurde, mehrere Jungen sexuell missbraucht zu haben, wurde innerhalb kürzester Zeit im Gefängnis umgebracht. Keiner bezweifelt den Grund dafür.

Die meisten von uns würden nicht selbst Hand an einen Kinderschänder legen, aber wir würden auch nicht trauern, wenn einer zusammengeschlagen oder getötet wird. Wir halten solche Leute für weniger menschlich als uns selbst und deshalb für vogelfrei. Wie können wir da den Gedanken zulassen, sie im Himmel wiederzusehen? Wie würden wir darauf reagieren, wenn wir dort wirklich einem solchen Typen begegnen?

Die Hütte wirft ernste Fragen über unseren geistlichen Zustand auf, wenn wir jemanden hassen – selbst wenn es ein Kinderschänder ist.

An diesem Punkt hat mich das Buch am schwersten getroffen. Vermutlich kennen die meisten von uns irgendjemanden – sei es aus der Vergangenheit oder in der Gegenwart –, den wir verabscheuen, selbst wenn wir beteuern, dass wir niemanden hassen. Vielleicht sagen wir sogar: „Ach, dem habe ich vergeben."

Doch tief in den Winkeln unseres Herzens hegen wir Verbitterung, Feindseligkeit und Hass auf die Person. Das ist nur allzu menschlich. Aber es nicht gut. In *Die Hütte* werden wir mit der Frage konfrontiert, wie wir auf einen

Kinderschänder oder Mörder reagieren würden. Würden wir uns wünschen, dass Gott auch so jemanden erlöst und im Himmel willkommen heißt?

Persönlich gesehen

Ich halte meine eigene Lebensgeschichte nicht für einzigartig. Sie unterscheidet sich von anderen nur in den Einzelheiten. Mein Vater hat mich nicht körperlich misshandelt, aber er war ein Meister im emotionalen und geistlichen Missbrauch. Er hat ein Doppelleben geführt. Leute, die ihn nur als ihren Pastor kannten, weigerten sich schlichtweg, die Anzeichen des anderen Lebens zu erkennen, dem ich täglich ausgesetzt war. Als er ins Gefängnis kam, wollten diese Leute nicht hören, dass sie sich in ihm getäuscht hatten oder dass ich jahrelang von ihm emotional und geistlich manipuliert und misshandelt worden war.

Bedauerlicherweise gab es einen Frontalzusammenstoß zwischen seinem verborgenen Leben und mir, als ich 25 war. Während meiner theologischen Ausbildung arbeitete ich als sein Hilfspastor. Wie viele andere auch habe ich Dinge in seinem Leben und seiner pastoralen Arbeit mitbekommen, die ich in Frage hätte stellen sollen. Doch er stand hoch auf seinem Sockel; solch einen „Mann Gottes" konnte man unmöglich kritisieren.

In einer Oktobernacht rief er mich dann von einer fernen Stadt aus an, wo er angeblich auf einer Tagung für Pastoren war. Tatsächlich saß er im Gefängnis. Ich verbrachte die ganze Nacht am Telefon, um ihn freizubekommen, und dann habe ich mich mit ihm verbündet, um die ganze Sache zu verschleiern. Kurze Zeit später bat er mich, als Hilfspastor zurückzutreten, weil ich zu viel über ihn wusste.

Ich war am Boden zerstört, und tief in meinem Herzen wurde ein Samen der Verbitterung gesät. Ich trat nicht zurück, bis ich mit meinem Theologiestudium fertig war, und mein Vater hasste mich für das, was ich wusste. Als ich Jahre später versuchte, noch einmal einzugreifen, wies er mich ab und wurde ausfallend.

Während ich mir den letzten Absatz noch einmal durchlese, wird mir deutlich, dass das Geschilderte nur die Spitze des Eisbergs einer gestörten Vaterbeziehung war. Das Ganze ist eine lange, elende und deprimierende Geschichte. Doch sie ist nicht einzigartig. Ich habe gemerkt, dass viele ganz normale Menschen von einer anderen Person so tief verletzt worden sind, dass sie sich nicht überwinden können, diesen Menschen im Himmel wiedersehen zu wollen. Freue ich mich darauf, meinen Vater im Himmel wiederzusehen? Jahrelang hat mir der Gedanke zu schaffen gemacht. Er ist gestorben, ohne sich wieder mit mir zu versöhnen. Und um ganz ehrlich zu sein war sein Tod eine Erleichterung für mich.

Ich muss wohl kaum erwähnen, dass ich mich mit Mack identifizieren kann. Natürlich ist das, war mir mein Vater angetan hat, überhaupt nicht vergleichbar mit dem, was der *Ladykiller* Mack, seiner Tochter und seiner Familie angetan hat. Einen derartigen Vergleich möchte ich auch gar nicht ziehen. Aber das ganze Buch hindurch konnte ich mich mit Macks tiefen Wunden identifizieren, die zunächst durch seinen Vater und später durch den *Ladykiller* verursacht wurden.

Gott vergibt jedem

Kurz nachdem ich *Die Hütte* gelesen hatte, erzählte ich einem Freund von der Geschichte. Ich teilte ihm meine Bedenken darüber mit, wie im Buch der Himmel dargestellt wird und wie weit gefasst Gottes Gnade darin ist. Mein Freund, ein einflussreicher Pastor und Theologe, sagte: „Ich stelle mir einen Himmel vor, wo ein kleines Mädchen, das in Auschwitz vergast wurde, Hitler umarmt und ihm vergibt."

Das hat mich fast zum Würgen gebracht. Aber genau das ist das Bild vom Himmel in *Die Hütte*. Dem Buch zufolge sehe ich eventuell nicht nur meinen Vater im Himmel wieder; es ist gut möglich, dass ich auch Zeuge von einem liebenden und freudevollen Tanz um Gottes Thron herum werde, in dem die schlimmsten Unmenschen der Weltgeschichte zusammen mit ihren Opfern tanzen.

Was in *Die Hütte* führt mich zu dieser Schlussfolgerung? Nun, Gott sagt Mack Sachen wie: „In Jesus habe ich allen Menschen ihre Sünden gegen mich vergeben" (S. 260). Gott erinnert Mack daran, dass Jesus am Kreuz den Vater um Vergebung für jene Menschen gebeten hat, die ihn in dem Moment umbrachten. „Als Jesus jenen vergab, die ihn ans Kreuz schlugen, standen sie nicht länger in seiner Schuld oder in meiner. In meiner Beziehung zu diesen Männern werde ich ihnen niemals vorhalten, was sie getan haben. Ich werde ihnen niemals Vorwürfe machen oder sie verurteilen" (S. 260).

Ich frage mich, wie viele Menschen schon mal darüber nachgedacht haben, was genau Jesus dort am Kreuz über die Soldaten gesagt hat (und vielleicht auch über andere, die indirekt an seiner Hinrichtung beteiligt waren). Er sagte: „Vater, vergib ihnen, denn sie wissen nicht, was sie tun" (Lukas 23,34).

Es ist schon ein wirklich übles Verbrechen, einen unschuldigen Mann grausam zu foltern, bis er langsam und qualvoll stirbt. Besonders, wenn der Mann Gottes Sohn ist. Glauben Sie, dass sich der Vater geweigert hat, ihnen zu vergeben? Nein, denn wie immer hat Jesus auch in diesem Moment dem Herzen seines Vaters Ausdruck verliehen, und sein Vater hat ihnen vergeben. Dabei ist zu beachten, dass hier überhaupt nicht von Buße die Rede ist – waren die Männer doch gerade dabei, seine Kleider unter sich aufzuteilen!

Sagt der Autor von *Die Hütte* damit, dass Gott Menschen einfach vergibt, egal wie es um ihr Herz bestellt ist? Ja, genau das sagt er. Nichts könnte deutlicher sein. Zwar bin ich mir nicht sicher, ob er damit recht hat, doch anhand des biblischen Zeugnisses bin ich mir sicher, dass Gott jedem – ohne Ausnahme – vergeben *möchte*. Möglicherweise erfordert Vergebung allerdings ein Echo von dem, der sie nötig hat. Theologen debattieren gern darüber, zu welchem Zeitpunkt und nach welchen Kriterien die Vergebung nun genau passiert, aber in der Praxis macht das keinen großen Unterschied. Worauf es ankommt ist, dass Gottes Herz mit nichts als Liebe für die Menschen erfüllt ist. Und unser Herz sollte auch so sein.

Verständlicherweise brodelt in Mack blinder Hass auf den *Kleinen Ladykiller*. Wem würde es anders gehen? Liebevoll stupst Gott ihn in Richtung Vergebung. Als erstes spricht er Macks eigene Interessen an. Wenn man uns gefallene Menschen zu etwas bringen möchte, ist es immer gut, an unseren Vorteil zu appellieren! Gott sagt Mack, er solle dem *Ladykiller* um seiner selbst willen vergeben. Vergebung befreit Menschen von einer Last, die sie bei lebendigem Leibe auffrisst, indem sie ihre Lebensfreude und Liebesfähigkeit zerstört. Zweitens spricht Gott Macks Mitgefühl an. Er erklärt Mack, warum Menschen zu Kindermördern werden. Er möchte Mack dazu bringen, den Mann zu lieben und ihm zu vergeben, „nicht das, was aus ihm geworden ist, aber das Kind, dessen Seele durch den Schmerz, den man ihm zugefügt hat, gebrochen und deformiert wurde" (S. 260).

Man könnte den letzten Satz auch auf das Opfer des *Ladykillers* beziehen. Doch der Zusammenhang macht deutlich, dass der *Ladykiller* aus den Wunden seiner Kindheit heraus gehandelt hat. Vor kurzem habe ich eine Kriminal-Dokumentation gesehen, in der ein Kindermörder nach dem Motiv seiner Tat gefragt wurde. Ohne dadurch seine eigene Schuld abzutun, sagte der Mörder, er habe das Verbrechen im Grunde aus Selbsthass begangen. Er hat das Schlimmste getan, was er sich nur vorstellen konnte, weil er sich selbst hasste. Dieses verdrehte Denken ergibt für normal tickende Menschen keinen Sinn, aber ich vermute, dass der Mann als Kind und Jugendlicher Schlimmes durchgemacht hatte. Irgendjemand hat diesen alles zerstörenden Selbsthass in ihm erzeugt. *Die Hütte* zufolge sollen wir immer die Geschichte berücksichtigen, die ein Kinderschänder oder Mörder zu einem derartigen Ungetüm gemacht hat.

Mack gibt seinen Hass nur sehr zögerlich auf, weil er glaubt, dass er dadurch vergessen müsse, was mit seiner Tochter passiert ist. Doch so ist es nicht, versichert Gott ihm. Vergebung erfordert kein Vergessen. Vielmehr geht es darum, „deine Hände von seiner Kehle zu nehmen" (S. 263). Dann gibt Mack sein eigenes Unvermögen zu. Von sich aus kann er nicht vergeben, und Gott verspricht,

116

ihm dabei zu helfen, eine Persönlichkeit auszubilden, die mehr Kraft in der Liebe findet als im Hass.

Hätte Young doch nur diesen Punkt noch näher ausgeführt! „Irren ist menschlich; vergeben ist göttlich." In der Tat. Ich glaube nicht, dass ich meinem Vater ohne Gottes übernatürliche Hilfe jemals ganz vergeben kann. Und das Wort „Hilfe" ist nicht stark genug für das, was ich brauche. Ich wünschte, der Autor hätte mit mehr Nachdruck über die Kraft Gottes gesprochen, die unser Herz verändern kann. Die Bibel tut das. In Hesekiel 36,26 heißt es: „Ich gebe euch ein neues Herz und einen neuen Geist. Ich nehme das versteinerte Herz aus eurer Brust und schenke euch ein Herz, das lebt."

Ja, der Gott in *Die Hütte* sichert Mack seine Hilfe zu, aber ich glaube, es erfordert mehr als nur Gottes „Hilfe". Eine solche eigentlich unmögliche Vergebung liegt nicht im Vermögen des Menschen; sie muss als übernatürliche Gabe geschenkt werden.

Einmal habe ich erlebt, wie jemand diese wunderbare Gabe bekam. Ein neues Gemeindemitglied hatte offensichtlich einen starken Hass auf Afroamerikaner. Ken war ein ausgemachter Rassist. Das wussten wir zum Zeitpunkt seines Beitritts nicht, aber unsere Gemeinde war sowieso voller Sünder; da hätte es keinen Unterschied gemacht. Eines Abends kniete sich jemand während eines Gebetstreffens mit Ken hin und betete dafür, dass Gott sein Herz veränderte. Ken weinte herzzerreißend; eindeutig tat Gott etwas in seinem Innern. Später an dem Abend kniete sich Ken mit einem Schwarzen hin und betete mit ihm. Er bekannte, dass er bisher vom Rassenhass verzehrt worden war, und dann berichtete er, dass er gerade davon befreit worden sei. Ich habe die Veränderung in Kens Herzen gesehen, und sie war von Dauer.

Von diesem Abend an hat er keine Mühen gescheut, Menschen zu lieben, die anders waren als er selbst.

Ich glaube, es ist diese Art von übernatürlicher Hilfe, die Mack braucht, um dem Mörder seiner Tochter zu vergeben. Ich muss meinem Vater vergeben. (Warum drücke ich das immer wieder im Präsens aus? Vergebung ist eben ein Prozess.)

Zu guter Letzt spricht Gott noch Macks Gerechtigkeitssinn an. Mack befürchtet, dass er seine Tochter irgendwie verrät, wenn er dem *Ladykiller* vergibt. Er fragt Gott, ob es Missy gegenüber fair sei, seine Wut auf ihren Mörder aufzugeben. Gott versichert ihm, dass durch Vergebung nichts entschuldigt wird. Überhaupt sei es in Ordnung, wütend zu sein, selbst nachdem Mack dem Mann vergeben hat – eine Behauptung, die ich allerdings infrage stelle. Wenn man weiterhin auf jemanden wütend sein kann, nachdem man der Person vergeben hat, bleibt Gott dann im Umkehrschluss auch wütend auf uns, nachdem er uns vergeben hat? Weder in der Bibel noch in *Die Hütte* scheint das der Fall zu sein. Echte Vergebung heißt meines Erachtens vielmehr, seine Wut loszulassen. Dadurch muss man die böse Tat noch lange nicht vergessen oder dem Täter vertrauen, aber man muss seinen Zorn und seinen Wunsch nach Vergeltung loslassen. Aus diesem Grund ist Vergebung ohne übernatürliche Hilfe auch so schwierig, wenn nicht sogar unmöglich!

In *Die Hütte* hat Mack zwei starke Vergebungserlebnisse, und sie sind es eindeutig, die ihn letztendlich von der *Großen Traurigkeit* befreien. In seinem ersten Erlebnis vergibt er seinem Vater während einer dramatischen Begegnung im Himmel. Sarayu bringt ihn dorthin, wo er auf seinen Vater trifft und ihm vergibt: „Schluchzend gestanden sie einander ihre Schuld ein und sprachen Worte der Vergebung. Und eine Liebe, die größer war als sie beide, durchdrang sie und heilte sie" (S. 248).

Das ist alles schön und gut. Vielleicht ein bisschen zu schön. Während des Zusammentreffens sagt Mack zu seinem Vater: „Daddy, es tut mir so leid! Daddy, ich liebe dich!" (S. 248).

Mich stößt die ganze Szene etwas ab. Warum entschuldigt Mack sich bei seinem Vater? Im Buch gibt es keinen Hinweis darauf, dass Mack seinem Vater irgendein Unrecht getan hat. Musste er sich entschuldigen, weil er ihm nicht schon früher vergeben hatte? Ich hätte mir mehr Bedauern und sogar Buße von Seiten des Vaters gewünscht. Doch möglicherweise ist mir meine persönliche schmerzliche Vergangenheit beim Lesen dieser Szene in die Quere gekommen, sodass ich sie nicht klar sehe. Ich vermute jedoch, dass es vielen anderen an dieser Stelle ähnlich geht wie mir.

Der Moment, in der Mack dem *Ladykiller* dann Auge in Auge gegenübersteht, wird in *Die Hütte* nicht direkt beschrieben. Auf der letzten Seite des Buches beschreibt der Erzähler, wie Mack bei der Gerichtsverhandlung des Mörders aussagt und hofft, nach dem Urteilsspruch mit ihm sprechen zu können. Was genau er ihm sagt, bleibt unklar, aber ich gehe davon aus, dass Mack dem Mörder seiner Tochter aufrichtig vergeben hat und trotzdem dafür sorgen möchte, dass er seine gerechte Strafe hier auf Erden erhält.

Wem wird vergeben?

Was also nun sagt *Die Hütte* darüber, ob Kinderschänder in den Himmel kommen? Wir können nur schlussfolgern, dass sie laut dem Roman tatsächlich dort sein werden. Alle? Nicht unbedingt. Gott sagt Mack, dass Vergebung an sich keine Beziehung initiiert. Eine wiederhergestellte Beziehung ist nur dann möglich, wenn die Person, der vergeben wurde, die Wahrheit über sich selbst anerkennt und eine neue Richtung einschlägt. Nur dann kann wieder Vertrauen wachsen, was Voraussetzung für eine Beziehung ist. Gott erklärt Mack, dass Vergebung einen Menschen von seiner Bestrafung freispricht, aber nicht automatisch eine Beziehung wiederherstellt. Dafür braucht es Veränderung.

Wiederum muss ich ein paar Bedenken äußern. Wenn man durch Vergebung vom Gericht freigesprochen wird und Jesus am Kreuz bereits jedem vergeben hat, dann scheint es unsinnig, dass am Ende der Zeiten noch das letzte Gericht kommen soll. Dennoch sagt die Bibel, dass unbußfertige Sünder eines Tages gerichtet werden. Mit der Vergebungsvariante von *Die Hütte* stimmt etwas nicht ganz, auch wenn das Buch eine wirkungsvolle Botschaft in sich trägt.

Wie lautet also nun das Urteil über Kinderschänder und andere Scheusale? Wenn man *Die Hütte* nur einmal liest, könnte man meinen, dass einfach *jeder* in den Himmel kommt. Das nennt man „Universalismus". Einige der Kirchenväter glaubten dies und verbreiteten es durch ihre Lehren. Von orthodoxen Christen aller Konfessionen wurde der Universalismus aber bis jetzt als Irrlehre gesehen. Doch wenn man durch Vergebung vom Gericht freigesprochen wird und Gott wegen dem Tod von Jesus am Kreuz jedem vergibt, dann muss als logische Folge eigentlich jeder in den Himmel kommen! *Die Hütte* sagt uns nichts Gegenteiliges.

Man kann das Buch jedoch auch so interpretieren, dass mehr als Vergebung nötig ist, um in den Himmel zu kommen: nämlich eine wirkliche Beziehung zu Gott. Und laut *Die Hütte* muss man für eine richtige Gottesbeziehung seine Sünden bekennen und ihm vertrauen. Doch trotzdem: Wie können Menschen, denen vergeben wurde, in die Hölle kommen?

Das führt mich zurück zu einem grundlegenden Problem, das ich mit *Die Hütte* habe. Dem Buch zufolge hat Gott bereits jedem für alles vergeben, und er spricht jeden von Schuld und Scham frei. Er ist noch nicht mal enttäuscht von uns! Zornig? Ja. Aber enttäuscht oder verurteilend? Nein. Scheinbar hat dann doch jeder eine Eintrittskarte in den Himmel, einfach, weil Jesus Christus für alle gestorben ist. Aber möchte uns der Autor von *Die Hütte* wirklich sagen, dass jeder in den Himmel kommt? Ich kann mir das nur schwer vorstellen. Sollte das seine Absicht sein, so sagt er es jedenfalls nicht explizit.

Versuchen wir es andersherum: Wo steht in der Bibel unmissverständlich, dass *nicht* jeder in den Himmel kommt? In Lukas 16,19-31 wird die Geschichte vom armen Lazarus und dem reichen Mann erzählt, der ihn nicht beachtete. Nach seinem Tod kommt der reiche Mann in den Hades (ein antiker Begriff für die Hölle) und erleidet dort schreckliche Qualen. Sollte Sie das noch nicht überzeugen, dann schauen Sie sich einmal Matthäus 25,41 an, wo Jesus erklärt, dass er zu einigen sagen wird: „Geht mir aus den Augen, Gott hat euch verflucht! Fort mit euch in das ewige Feuer, das für den Teufel und seine Engel vorbereitet ist!"

Die biblische Lösung lautet, dass durch das Kreuz jedem der Zugang zum Himmel angeboten wird. Die Möglichkeit steht jedem zur Verfügung, aber nicht jeder nutzt sie. Somit mag die Hölle durchaus ein „schmerzvoller Zufluchtsort" sein, den Gott für Menschen schafft, die sich gegen ihn entscheiden.

C.S. Lewis wählt in seinem Buch *Die große Scheidung* das Bild des Bösen als Abwesenheit des Guten und stellt die Hölle entsprechend als schattenhafte, graue, eher unwirkliche Existenz dar. Und Menschen, die dort hingehen, ziehen die Hölle dem Himmel vor, weil sie sich durch ihr Verharren in der Sünde immer mehr von der Realität entfernt haben und sozusagen geschrumpft sind. Sie sind in kleinlichen Streitereien und Verleugnung gefangen und passen besser in die Hölle als in den Himmel. Und als ihnen die Möglichkeit geboten wird, in den Himmel zu kommen, lehnen die meisten sie ab.

Ich wünschte mir, William P. Young hätte mehr über die Hölle gesagt. Ob sie ein feuriger Pfuhl ist oder einfach in der Abwesenheit von allem Guten besteht, wissen wir nicht. Wenn wir aber die Worte Jesu lesen, der mehr über die Hölle gesprochen hat als irgendjemand sonst in der Bibel, kann man ihre Realität nur schwer verneinen!

Wer also kommt in die Hölle? *Die Hütte* hat recht, dass man dort nicht hinkommt, nur weil man irgendwelche Regeln gebrochen hat. Vielmehr ist die Hölle der Ort für Leute, die sich weigern, Gott zu vertrauen und Vergebung zu empfangen, und die sich außerdem weigern, anderen zu vergeben. Sie ist für Leute, die sich in ihrem Hass und ihrer Verbitterung gegenüber Gott und anderen Menschen suhlen.

Scheusale im Himmel

Was ist denn nun mit Kinderschändern wie dem *Lady-killer*? Kommen sie in den Himmel? Das lässt sich unmöglich sagen. Nur Gott und der Täter können darüber entscheiden. Ist der Täter reuig und nimmt Gottes Gnade an oder stellt er sich gegen Gott und bleibt bei seinen üblen Wegen? Die Bibel ist überaus klar darin, dass jeder, der Buße tut und auf Gott vertraut, den Himmel erleben wird, egal was er oder sie getan hat. Denken wir nur an den Dieb am Kreuz neben Jesus (Lukas 23,39-43). Nach allem, was wir wissen, war er kein „guter" Mensch, und doch hat Jesus ihm vergeben und ihm das Paradies verheißen – einfach weil er Jesus gebeten hatte, an ihn zu denken, wenn er in sein Reich kommt. Am Kreuz ging Jesus ziemlich großzügig mit seiner Gnade um! Warum sollte er sich seitdem geändert haben?

Mag es noch so schwierig zu akzeptieren sein, so müssen wir doch schlussfolgern, dass es wahrscheinlich auch Kinderschänder im Himmel geben wird – natürlich vorausgesetzt, dass sie Buße getan und sich Gottes Gnade anvertraut haben. Aber ist ein Mensch, der so verbogen ist, dass er sich an Kindern vergreift, dazu überhaupt in der Lage? Bei Gott ist alles möglich (Matthäus 19,26). Selbst wenn er solchen Menschen nicht bereits vergeben hat, wie *Die Hütte* suggeriert, liebt er sie doch und wünscht sich eine Beziehung mit ihnen. Vermutlich tut er alles, was in seiner Macht steht und keinen Zwang erfordert, um sie zu sich zu ziehen, damit er ihnen vergeben und eine liebevolle Beziehung zu ihnen aufbauen kann.

Die Frage, die wir uns stellen sollten, lautet: *Möchten* wir überhaupt Kinderschänder wie den fiktiven *Lady-killer* im Himmel haben? Wollen wir, dass Leute dort hinkommen, die uns missbraucht haben? Wie sieht es mit Hitler aus? Hier fahren wir uns geistlich fest. Wir können theoretisch noch so fromm sein, und doch fehlt uns Gottes Herz für den Abschaum der Menschheit. Dabei verkennen wir unseren eigenen Status. Laut Römer 1-3 gibt es keine besseren oder schlechteren Menschen! Wir alle sind Sünder, und auch die, die oberflächlich das falsche Handeln anderer verurteilen, sind letztlich kein Stück besser als sie.

Mag es emotional noch so schwierig für mich sein – theologisch muss ich glauben, dass mein Vater sehr wohl im Himmel sein kann. Und ich muss Gott bitten, mir dabei zu helfen, meine Abneigung gegen diesen Gedanken zu überwinden. Schließlich habe ich den Himmel genauso wenig verdient wie er.

Ist Jesus
kein Christ?

Vor vielen Jahren habe ich eine Bibelstunde geleitet, zu der auch einige neu bekehrte Christen kamen. Ich kann mich nicht mehr an das Thema des Abends erinnern, aber ich musste beinahe lachen, als ein Mann mittleren Alters in der Gruppe fragte: „Wann ist Jesus eigentlich Christ geworden?"

Das hört sich nach einer Scherzfrage an, kommt aber in *Die Hütte* ganz ernsthaft vor, als Teil einer weiter gefassten Frage über Angehörige anderer Religionen. Mack unterhält sich mit Jesus darüber, was es heißt, ihm nachzufolgen, und Jesus erklärt ihm, die Sache sei anders, als viele Leute denken. Mack sagt: „Mir sind viele Lügen erzählt worden" (S. 208).

Im Zusammenhang soll das heißen, dass die Dinge, die Jesus ihm erklärt, wenig oder gar nichts mit dem zu tun haben, was er auf dem theologischen Seminar oder in der Kirche gelernt hat.

Ohne Hintergedanken leben

Eindeutig ist Mack vom kirchlichen Christentum desillusioniert. Das geht nicht nur ihm so; jede Woche begegne ich Menschen, die die Nase voll haben von der Kirche, weil sie für das tägliche Leben nicht relevant erscheint und zu sehr von der Gesellschaft beeinflusst wird.

Jesus reagiert auf Macks Aussage so: „Mack, das System eurer Welt ist, wie es ist. Institutionen, Systeme, Ideologien und all die vergeblichen, fruchtlosen Versuche der Menschheit, die mit ihnen einhergehen, sind allgegenwärtig. Selbst wenn du es wolltest, könntest du dich dem nicht entziehen." In Bezug auf das Weltsystem erwidert Mack: „Aber viele Menschen, die ich kenne, haben sich ganz dieser Welt verschrieben!" (S. 208).

Dann erklärt uns der Erzähler, warum Mack so aufgebracht ist: Seine Freunde und Familienangehörigen lieben Jesus, widmen sich aber auch „mit Feuereifer religiösen Aktivitäten und dem Patriotismus" (S. 209). Meint der Autor damit möglicherweise die sogenannten „fundamentalistischen Evangelikalen"?

Jesus verrät Mack, dass ihm nachzufolgen bedeutet, ohne Hintergedanken leben und lieben zu wollen. Mit diesen Worten distanziert sich Jesus offensichtlich von all den politischen und religiösen Plattformen und Aktivitäten, die sich auf den christlichen Glauben berufen, ihre Liebe aber nur denen gewähren wollen, die mit ihnen übereinstimmen.

Mack sagt daraufhin: „Ist das wahres Christentum?" Jesu Antwort mag einige Leser überraschen: „Wer redet denn von Christentum? Ich bin kein Christ" (S. 209).

Manchmal erheben wir unsere eigene Religionszugehörigkeit in den Status eines Götzen. Sind wir mehr daran interessiert, „gute Christen" zu sein als radikale Jünger Jesu? Darauf will William P. Young anscheinend hinaus. Für ihn ist es nicht unbedingt automatisch etwas Positives, ein Christ zu sein.

126

Die Aussage von Jesus, dass er kein Christ sei, ist im ersten Moment irgendwie irritierend, aber logisch. Das Christentum ist als Religion erst entstanden, nachdem Jesus gestorben und auferstanden war. Davor gab es keine Christen. Und die Frage, ob Jesus dann quasi nachträglich vom Himmel aus eine Art „Christ ehrenhalber" geworden ist, ist irgendwie absurd. Können wir uns Jesus als Mitglied irgendeiner Bewegung oder Organisation vorstellen? Und wenn ein Christ *per definitionem* ein „Nachfolger Jesu Christi" ist, wie könnte er da selbst einer sein?

Jesus geht jeden Weg

Dass Jesus abstreitet, Christ zu sein, ist nicht wirklich das Schockierende. Viel verblüffender ist, was Jesus gleich darauf sagt:

Jene, die mich lieben, kommen aus allen existierenden Systemen. Sie waren Buddhisten oder Mormonen, Baptisten oder Muslime, Demokraten, Republikaner. Und es sind viele darunter, die sich nie als Wähler registrieren lassen, keiner Kirche angehören. Es folgen mir Leute nach, die Morde begangen haben, und manche, die voller Selbstgerechtigkeit gewesen sind. Manche sind Bankiers und andere Buchmacher, Amerikaner und Iraker, Juden und Palästinenser. Ich habe nicht den Wunsch, Christen aus ihnen zu machen, aber ich möchte ihnen helfen, sich in Söhne und Töchter meines Papas zu verwandeln, in meine Brüder und Schwestern, meine Geliebten (S. 209).

Wenn es Ihnen so ging wie mir, dann haben sie sich beim Lesen dieses Abschnitts unwillkürlich aufgesetzt! Da wird Jesus eine ziemlich radikale Aussage in den Mund geschoben. Jesus möchte aus Leuten keine Christen machen? Das geht gegen den Strich von allem, was die meisten Christen denken. Was möchte *Die Hütte* also damit sagen?

Mack stellt dieselbe Frage, die wir wohl auch stellen würden, wenn wir so etwas von Jesus hören würden: Will Jesus damit etwa andeuten, dass alle Wege zu Gott führen? Viele liberal geprägte „religiöse" Menschen glauben etwas in der Art. Es ist eine ziemlich bequeme Einstellung, die die krassen Unterschiede zwischen den religiösen Wegen, die Menschen gehen, ignoriert. Um zu sehen, wie absurd das ist, stellen Sie sich nur vor, dass auch der Satanismus letztlich zu Gott führt! Wie soll das möglich sein?

Das Großartige an diesem Austausch zwischen Jesus und Mack ist, dass sie Fragen erörtern, die sich viele Menschen schon gestellt haben. Der Autor von *Die Hütte* ist sehr geschickt darin, Jesus einleuchtende Worte in den Mund zu legen. Natürlich bleibt dabei die Frage offen, ob sie biblisch und theologisch korrekt sind. Viele Kritiker haben diese Passage bereits als relativistisch und theologisch liberal abgetan.

Kein großer Freund von Religion

Während wir versuchen, diesen Abschnitt in *Die Hütte* zu interpretieren, dürfen wir ein Thema nicht außer Acht lassen, das sich durch das gesamte Buch zieht: eine tiefe Abneigung gegen festgefahrene Institutionen und

Systeme, die häufig einem authentischen Glauben mehr im Weg stehen als ihn befruchten.

Als Mack Jesus fragt, was er von religiösen Institutionen hält, antwortet er: „Ich erschaffe keine Institutionen – das habe ich nie getan und werde es auch nie tun" (S. 206). Gut, das klingt gar nicht so radikal. Nirgendwo in der Bibel steht schließlich, dass Jesus eine Organisation oder Institution gegründet hätte. Doch im Zusammenhang hört es sich so an, als würde er sie nicht einmal gutheißen! Und dann kommt es –

Jesus sagt zu Mack: „Ja, du hast recht, ich halte wirklich nicht viel von Religion" (S. 206). Was soll das heißen? Hat Jesus nicht eine Religion gegründet?

Der Autor wirft in dem Buch häufig mit Aussagen von Gott um sich, die jede für sich Zündstoff wie eine kleine Handgranate haben. Manche Menschen werden das für unverantwortlich halten. Aber vielleicht geht es William P. Young weniger darum, uns von etwas zu überzeugen, als einfach nur darum, uns zu ganz neuen Denkansätzen anzustoßen. Schauen wir uns an, was das bedeuten könnte.

Zunächst einmal möchte *Die Hütte* unsere Sichtweise davon ändern, was es bedeutet, Jesus nachzufolgen und Gottes Kind zu sein. Die meisten von uns glauben, dass man dadurch auch automatisch einer religiösen Organisation treu ergeben sein muss. Von klein auf finden wir unsere Identität hauptsächlich in der christlichen *Religion*. *Die Hütte* bemüht sich, treue Nachfolge Jesu und Liebe zu unseren Nächsten von der Loyalität gegenüber menschlichen Organisationen und Systemen zu trennen. Und es geht noch darüber hinaus. Das Buch deutet an, dass religiöse Organisationen und Institutionen uns oft sogar daran *hindern*, Jesus wirklich nachzufolgen.

Warum stellen wir Loyalität gegenüber religiösen Organisationen und Strukturen so oft über Jesus? *Die Hütte* sieht den Grund dafür in unserem Bedürfnis nach Sicherheit, und wir glauben, dass Institutionen und Systeme – genau wie Regeln – uns das bieten können. Der Gott in *Die Hütte* möchte, dass wir unser Sicherheitsbedürfnis aufgeben und uns voller Vertrauen auf Gott einlassen. (*Die Hütte* lässt Gott sogar zu Mack sagen, dass er Unsicherheit liebt. Wenn das nicht spannend ist!)

Sind also dann alle Institutionen, Organisationen und Systeme schlecht? Nicht unbedingt. Doch wenn wir ihnen mehr vertrauen als Gott selbst, werden sie *Die Hütte* zufolge leicht zu einem Gottesersatz. Gott erklärt Mack, dass menschliche Systeme keine Sicherheit bieten können. Nur Gott kann das, und es geht dabei um vollkommenes Vertrauen, nicht um Beweise, Schutz oder Halt. Ein Stückweit kann man diese Dinge tatsächlich in Systemen und Institutionen finden, aber sie können die letztgültige Sicherheit nicht ersetzen, die wir nur dadurch bekommen können, dass wir Gott vertrauen und eine Beziehung zu ihm haben.

Laut *Die Hütte* neigen Christen zu einer falschen Vorstellung davon, was es heißt, ein Anhänger von Jesus zu sein. Wir setzen Nachfolge mit religiösen Aktivitäten gleich, die irgendein von Menschen geschaffenes Lehr- und Moralsystem beinhalten. Einige Leute setzen sie sogar mit Loyalität gegenüber einer politischen Partei oder Ideologie gleich. Das sind aber in Wirklichkeit Irrlehren. Wir können uns in Institutionen engagieren, die sich in der Welt für Gott stark machen, und wir können an bestimmte Lehren glauben. Doch wir sollten auf der Hut sein und uns nicht zu sehr auf sie fixieren. Zu leicht bewegen sich solche Dinge in eine falsche Richtung, werden von Menschen manipuliert oder erstarren in bedeutungslos gewordenen Ritualen. Schließlich sind sie menschlich. Selbst das Christentum als organisierte Religion ist eine menschliche Erfindung und deshalb fehlbar.

All das erinnert mich an ein klassisches Buch von dem christlichen Theologen Emil Brunner (1889-1966) mit dem Titel *Das Missverständnis der Kirche* (Theologischer Verlag Zürich, 3. Auflage 1988). Brunner führt darin Gründe an, warum die Kirche keine Institution ist, auch wenn sie institutionelle Formen annimmt. Man muss die Kirche stets von ihrem organisatorischen Apparat unterscheiden, von Programmen, offiziellen Glaubensbekenntnissen, Zeremonien und Gebäuden. Die wahre Gemeinde besteht aus einer Gemeinschaft, die Gemeinschaft der Menschen, die an Jesus glauben und ihm nachfolgen.

Karl Barth (1886-1968), ein Zeitgenosse Brunners, hat sogar behauptet, das Christentum sei gar keine Religion! Es ist einfach das Evangelium. Young geht noch einen Schritt weiter: Wenn man Jesus Christus nachfolgen will, geht es nicht um Mitgliedschaft in einer Kirche und nicht einmal darum, sich selbst als Christ zu bezeichnen. Wichtig sei nur, keinem anderen als Gott zu vertrauen, seine Sicherheit in ihm zu finden sowie ihn und andere bedingungslos zu lieben.

Zweitens möchte *Die Hütte* unsere Sicht von Menschen verändern, die wir normalerweise nicht für Jünger Jesu halten würden. Jesus selbst ist also kein Christ. Standardmäßig denken wir, dass sich alle echten Anhänger Jesu öffentlich zum christlichen Glauben bekennen und irgendeine Form der Zugehörigkeit zum Christentum haben. Aber in *Die Hütte* sagt Jesus, „alle existierenden Systeme" würden Menschen hervorbringen, die ihm nachfolgen. Und er benutzt die Vergangenheitsform: „Sie waren Buddhisten …" Will er damit sagen, dass einige Anhänger Jesu ursprünglich aus dem Buddhismus kamen, dann aber Christen geworden sind, als sie Jesus angenommen haben? Wenn dem so sein sollte, warum werden dann Baptisten, Republikaner und Amerikaner auch aufgeführt? Und wie ist das mit Jesu Aussage in Einklang zu bringen, dass er nicht vorhabe, aus ihnen Christen zu machen?

Die Hütte sagt etwas Radikaleres als nur, dass Jesu Nachfolger *früher* einmal alles Mögliche gewesen sind. Wer weiß das nicht? Warum sollte er das Mack (und uns) überhaupt sagen müssen? Offensichtlich glaubt Young, dass sich die Nachfolger von Jesus nicht auf die Christenheit beschränken. Kann das wahr sein?

Anscheinend führt *Die Hütte* einfach das weiter, was Jesus im Neuen Testament meinte, als er seinen Jüngern sagte: „Ich habe noch andere Schafe, die nicht aus diesem Stall sind" (Johannes 10,16). Damals hielten sich die meisten Juden für die einzigen Schafe in Gottes Stall. Jesus hat sie korrigiert. Heute halten sich die meisten Christen für die einzigen Schafe in Gottes Stall. Der Jesus aus *Die Hütte* korrigiert sie. Demnach muss man kein Christ sein, um Jesus nachzufolgen. Genau genommen kann das laut *Die Hütte* sogar manchmal ein Hindernis darstellen. Für Mack war es das jedenfalls!

Nichtchristliche Anhänger Jesu

Kann man Jesus nachfolgen, ohne Christ zu sein? Ein Beispiel dafür finden wir im Neuen Testament: den römischen Centurio Cornelius: „Er glaubte an Gott und hielt sich mit seiner ganzen Hausgemeinschaft zur jüdischen Gemeinde. Er tat viel für Not leidende Juden und betete regelmäßig" (Apostelgeschichte 10,2). Meiner Meinung nach gibt die Apostelgeschichte recht deutlich zu verstehen, dass Cornelius ein Anhänger Jesu war, bevor er Jesus überhaupt kennenlernte, und zwar deshalb, weil er Gott fürchtete, großzügig Almosen gab und beständig betete. Heißt das, jeder, der diese Dinge tut, gehört zu Jesus, auch wenn er oder sie nie von Jesus gehört hat?

In Matthäus 25 sagt Jesus, dass Gott am Tag des Jüngsten Gerichts Menschen in den Himmel lassen wird, die gar nicht wussten, dass sie zu den „Gerechten" gehören. Sie gehören aber trotzdem dazu, weil sie die Hungrigen gespeist, den Durstigen zu Trinken gegeben und die Fremden gekleidet haben (was alles Bilder dafür sind, anderen zu helfen und im Sinne Gottes zu leben). Dabei wussten diese Menschen gar nicht, dass sie Gott dienten – das wird aus dem Zusammenhang deutlich. Aber Gott weiß, dass sie es taten. Er nimmt ihren Dienst an den Armen und Bedürftigen als Dienst für ihn an, selbst wenn sie anderen Religionen angehörten (was eindeutig die Schlussfolgerung des Abschnitts ist).

In C.S. Lewis' abschließendem Narnia-Buch *Der letzte Kampf* (Brendow Verlag 2000) gibt es eine berühmte Stelle, wo der Löwe Aslan – eine Christusfigur – die Anbetung des falschen Gottes Tash als Anbetung für sich annimmt. Der Krieger Emeth hat Tash gedient, doch beim letzten Gericht sagt Aslan, dass es unmöglich sei, etwas für Tash zu tun, das nicht grausam ist; wenn man etwas Gutes tut, tut man es automatisch für Aslan. Eindeutig hat Lewis dabei an Matthäus 25 gedacht. Emeth wird gerettet, ohne je „Christ" gewesen zu sein.

Lewis und Young, wie auch viele andere katholische und protestantische christliche Denker, schließen Nichtchristen in ihr Verständnis des Christentums mit ein. Sie sind sogenannte „Inklusivisten". Ohne dass sie den Begriff „anonyme Christen" verwenden, sagen sie, dass viele Leute, die keiner christlichen Organisation angehören, trotzdem wahre Anhänger Jesu sind, weil sie ihn lieben und in seinem Sinne leben.

Ich sehe das genauso wie der Autor von *Die Hütte*. Allerdings kenne ich auch die Argumente der Kritiker dieser Sichtweise, die die Theologie des „Restriktivismus" bevorzugen – so genannt, weil sie die Erlösung auf Christen beschränkt. Sie können genauso viele Bibelstellen auflisten, um ihre Sicht zu verteidigen. Mich überzeugt jedoch der bereits erwähnte Abschnitt in der Bibel. Außerdem scheint mir der Charakter Gottes, wie Jesus Christus ihn uns vorgestellt hat, eher zum Inklusivismus hinzuneigen. Gott ist kein knauseriger Alter, der seine Gnade exklusiv nur für Leute abpackt, die ein bestimmtes religiöses Etikett tragen oder die richtigen Worte sagen. Er ist der Gott, der gekommen ist, um für die ganze Welt zu sterben (Johannes 3,16-17) und nicht möchte, dass auch nur ein einziger Mensch verloren geht (2. Petrus 3,9). Ein solcher Gott wird jeden einzelnen Menschen ganz individuell daran messen, wie viele Möglichkeiten er hatte, Gott zu begegnen, wie er auf diese reagiert hat und wie sehr er seine Mitmenschen geliebt hat.

Zum Schluss kommen wir dann noch zum Relativismus. Erinnern Sie sich an die Frage, die Mack Jesus gestellt hat: „Bedeutet das, dass alle Wege zu dir führen?" (S. 209). Gott antwortete darauf, dass die meisten Wege nirgendwohin führen. Anders gesagt: Wenn Nichtchristen gerettet werden, dann nicht deshalb, weil auch nicht-christliche Religionen zu Gott führen. Darin ist *Die Hütte* sehr klar. Vielmehr begibt sich Gott in seiner Gnade herab, um Menschen, deren Herzen ihm gegen-über offen sind, auf ihrer religiösen Reise zu begegnen.

Man könnte es auch so sagen, dass es Gott in *Die Hütte* einzig und allein darauf ankommt, wie es um die Herzen der Menschen bestellt ist. Werden sie von wahrer Liebe zum Dienst an anderen motiviert? Da Gott gnädig ist, begegnet er manchmal solchen Menschen selbst dann, wenn sie sich auf einem religiösen Weg befinden, der nirgendwo hinführt. Leute werden nicht zu wahren Nachfolgern Jesu, indem sie Gott in der Natur, Kultur oder Religion entdecken. Sie folgen nur dann Jesus wirk-lich nach, wenn sie ihm wirklich nachgehen – hin zum wahren Gott, der ihnen begegnet und sie den Rest des Weges führt. Erlösung ist somit immer etwas Übernatür-liches. Sie ist das Ergebnis von Gottes Gnade und Erbar-men. Gute Taten unabhängig von Gott können uns nicht erlösen.

Das ist meilenweit entfernt von jedem Relativismus. *Die Hütte* lockt den Leser nicht in eine so absurde Philo-sophie. (Ich nenne sie absurd, weil sie sich selbst wider-spricht. Zu sagen, es gäbe nichts Absolutes, ist in sich selbst eine absolute Aussage!) Jesus ist „der Weg, die Wahrheit und das Leben" und der einzige Weg zum Vater (Johannes 14,6). Aber das heißt nicht, dass er nur die-jenigen retten kann, die seinen Namen kennen oder dass nur solche Menschen zu ihm gehören können.

Jesus trotz Unwissenheit kennen

Als Kind habe ich immer fasziniert den Geschichten meiner Tanten und Onkel gelauscht, die als Missionare tätig waren. In einer dieser Geschichten wurde eine muslimische Frau in Trinidad im Taxi vor einer christlichen Kirche vorgefahren, sprang heraus und sagte zu einem Missionar, der zufällig vor der Tür stand: „Du bist der Mann, den ich in einer Vision gesehen habe!"

Sie war vom Islam enttäuscht gewesen und hatte begonnen, den wahren Gott zu suchen. Sie betete zu ihm, ohne genau zu wissen, wer er war – nur dass er anders sein musste als der Allah, den sie bisher kennengelernt hatte, da war sie ganz sicher. Eines Tages dann, so erzählte sie, sah sie in einer Vision einen Mann vor einer Kirche stehen. Irgendwie wusste sie, dass sie diesen Mann finden musste und dass er sie zum wahren Gott führen würde. Was dann auch tatsächlich geschah.

Diese Begebenheit gehörte zu den Lieblingsgeschichten meiner Tanten und Onkel, sowie anderer Missionare, die übrigens äußerst konservative Menschen waren! Doch sie wussten aus Erfahrung: Gott kann in Menschen wirken, ohne dass sie explizit schon das Evangelium gehört haben.

Die Frage ist, ob diese Menschen nicht schon in einem gewissen Sinn zu Jesus gehörten, bevor sie irgendwelchen Missionaren begegnet oder sonst wie mit dem Evangelium in Berührung gekommen waren. Ich denke schon, und ich habe guten Grund zu glauben, dass es viele Menschen auf der Welt gibt, die nie mit einer expliziten Botschaft von Jesus Christus in Berührung gekommen sind.

Zusammen mit *Die Hütte* bewege ich mich hier auf dünnem Eis, das ist mir klar. Viele Kritiker werden fra-

gen: „Warum sollte man dann überhaupt Missionare aus-
schicken?" Nun, zum einen sollten wir das tun, weil Gott
uns das nun einmal ausdrücklich aufgetragen hat.
Zweitens ist es natürlich immer wichtig und gut, wenn
Menschen erfahren, wer ihr Retter ist, und ihn durch die
Bibel besser kennenlernen. Eine dritte Antwort könnte
lauten, dass das eine von vielen Möglichkeiten ist, wie
Gott Menschen begegnet.

Was hat die Kirche mit
dem Glauben zu tun?

V or einigen Jahren hat die christliche Universität, an
der ich unterrichte, eine Klausel zur Anstellung von
Professoren erlassen: Sie müssen aktive Mitglieder einer
Kirche sein. Für die meisten war das keine große Sache;
aus einigen Ecken erklangen jedoch heftige Protest-
stimmen. Der Redaktionsleiter der örtlichen Zeitung
schrieb eine Kolumne, in der er einwendete, dass beispielsweise Abraham Lincoln ein guter Christ gewesen
sei, ohne je einer Kirche beigetreten zu sein.

Als Antwort schrieb ich einen Artikel, den die Zeitung
ebenfalls veröffentlichte. Darin argumentierte ich, dass
es in der Geschichte kein kirchenloses Christentum gibt,
und genauso wenig im Neuen Testament. Es handelt sich
um ein rein modernes Phänomen. Und ich traf die kühne
Aussage, dass Abraham Lincoln zwar ein ausgezeich-
neter Präsident und guter Mensch gewesen sei, aber – soweit wir wissen – kein bekennender Christ. Er hätte
reichlich Gelegenheiten gehabt, einer Kirche beizutreten,
hat es aber nie getan. Es sei aber normal, sich als Christ
einer Gemeinschaft von Gleichgesinnten anzuschließen
oder sich zumindest einzubringen.

Nachdem mein Zeitungsartikel erschienen war, stellte
eine Nachbarin mich an diesem Punkt infrage. Sie sagte,
sie gehe selten in eine Kirche, sei aber trotzdem über-
zeugte Christin. Natürlich wollte ich mich nicht auf einen

Streit mit ihr einlassen. Stattdessen habe ich einfach nochmals bekräftigt, was ich als Geschichtstheologe und zumindest Möchtegern-Bibelwissenschaftler zu wissen meinte: Ein rein individualistisches, authentisches Christsein gibt es nicht. Von diesem Tag an war sie mir gegenüber immer recht kühl.

Ich wette, dass es Millionen von Amerikanern gibt, die sich selbst für gute Christen halten, eine Mitgliedschaft oder Engagement in einer Gemeinde jedoch meiden. Ich lebe in einem Landkreis mit einer Einwohnerzahl von ungefähr 200.000 Menschen und mindestens 125 Baptistengemeinden. Bei uns gibt es die höchste Dichte von Baptistengemeinden pro Kopf in Amerika und wahrscheinlich der ganzen Welt. Trotzdem bin ich auch hier Menschen begegnet, die sich selbst für Christen halten – sogar für Baptisten –, aber keiner Kirche angehören.

Im letzten Kapitel haben wir behandelt, wie es laut *Die Hütte* nicht darauf ankommt, ob man Christ mit Brief und Siegel ist, sondern darauf, ob man Jesus nachfolgt. Ich habe so meine Probleme mit dieser Unterscheidung, besonders mit der Art, wie sie in *Die Hütte* dargestellt wird. Sie ist meiner Meinung nach zu drastisch. Doch selbst wenn diese Unterscheidung meine Zustimmung hätte, würde ich immer noch behaupten, dass Engagement in einer christlichen Gemeinschaft ein wesentlicher Bestandteil der Nachfolge ist. Im Neuen Testament und der Geschichte des Christentums haben die Nachfolger von Jesus sich immer in Gemeinschaften zusammengetan. Der individualistische Gedanke kam erst mit der Neuzeit.

Ich habe ein Problem damit, dass *Die Hütte* nach meinem Verständnis sagt, man könne außerhalb der Gemeinschaft mit anderen Christen Gott voll und ganz erleben.

Ich meine damit nicht, dass man unbedingt Mitglied einer organisierten Kirche sein oder mit einer in Verbindung stehen muss. Ich glaube nicht, dass man einer bestimmten Konfession oder selbst einer lokalen Gemeinde angehören muss, um Jesus nachzufolgen. Überhaupt nicht. Die wahre Kirche ist keine Institution oder Organisation, sondern die Gemeinschaft der Kinder Gottes.

Was ich in *Die Hütte* vermisse, ist nicht eine größere Begeisterung für strukturierte Religion oder organisiertes Gemeindeleben; ich vermisse aber einen Hinweis darauf, dass die Gemeinschaft mit anderen Gläubigen eine wichtige Säule des Glaubenslebens ist. Das Buch stellt eine „Jesus und ich"-Mentalität heraus, die nicht mit dem übereinstimmt, wie die Bibel das Leben der ersten Christen darstellt. Alles bleibt auf der Ebene des Individuums.

Ich behaupte nicht, dass William P. Young die christliche Gemeinschaft für unwichtig oder überflüssig hält. Doch aus irgendeinem Grund hat er es unterlassen, das in seine lange und detaillierte Beschreibung dessen, was es heißt, Jesus wahrhaft nachzufolgen, mit einzubeziehen. Für mich ist das mehr als nur eine belanglose Nebensache; es ist ein offenkundiger Widerspruch, denn ansonsten beschreibt das Buch auf wirklich biblische Weise, was Jesus mit uns vorhat.

Ich frage mich, wie vielen Lesern, denen *Die Hütte* im Ganzen sehr gefiel, es auch so erging wie mir. Viele Menschen, denen ich begegne, vertreten ganz offen die Meinung, dass eine Kirchenzugehörigkeit nicht wichtig für ihr Glaubensleben sei. Viele Christen und Nichtchristen sehen die Kirche (womit ich jede Gemeinschaft von Christen meine) als eine Art Selbsthilfegruppe für Leute, die „so etwas" eben brauchen. Zunächst dachte ich, sie sehen das deshalb so, weil sie irgendeine Form des geistlichen Missbrauchs erlebt oder viel Heuchelei in der Kirche gesehen haben. Doch in jüngerer Zeit bin ich zu dem Schluss gekommen, dass das mangelnde Gemeinde-Engagement von Christen nicht an solchen handfesten Gründen liegt.

Warum meiden derart viele Leute die Kirche, die sich selbst nicht nur als irgendwie „spirituell", sondern klar als Christen betrachten? Dafür gibt es zweifellos viele Gründe, doch zwei sind offensichtlich: Unsere Gesellschaft ermutigt zum Individualismus, und Engagement in einer Gemeinde bedeutet Reibereien und Arbeit. Viele Leute haben Schwierigkeiten, eine Gemeinde zu finden, in der ihre „Bedürfnisse" gestillt werden oder wo sie „Anschluss finden" oder sich „wohl fühlen". Dabei gibt es inzwischen ein so großes Spektrum an Gemeindeformen, dass eigentlich fast jeder eine finden sollte, die mehr oder weniger passt. Allerdings erfordert es Mühe, nach einer zu suchen. Und sich einer Gemeinde verbindlich anzuschließen bedeutet, ein Stück seines Individualismus aufzugeben.

Wir wollen einmal sehen, was die Bibel über das Thema Gemeinschaft zu sagen hat.

Gemeinschaft in der Bibel

Hebräer 10,23-25 besagt, dass die Gemeinschaft mit anderen Christen grundlegend wichtig ist:

Wir wollen an der Hoffnung festhalten, zu der wir uns bekennen, und wollen nicht schwanken; denn Gott, der die Zusagen gegeben hat, steht zu seinem Wort. Und wir

wollen aufeinander Acht geben und uns gegenseitig
zur Liebe und zu guten Taten anspornen. Einige haben
sich angewöhnt, den Gemeindeversammlungen fernzu-
bleiben. Das ist nicht gut; vielmehr sollt ihr einander Mut
machen. Und das umso mehr, als ihr doch merken müsst,
dass der Tag näher rückt, an dem der Herr kommt!

Man sollte beachten, dass der gesamte Abschnitt Gründe
hervorhebt, warum die christliche Gemeinschaft für das
Glaubensleben wichtig ist. Wir sollen uns gegenseitig
„zur Liebe und zu guten Taten anspornen". Wir sollen
einander ermutigen, was im normalen Leben nicht oft
geschieht. Und es ist von entscheidender Bedeutung, dass
wir regelmäßig zusammenkommen.

Das ist nur ein kurzer Abschnitt zu diesem Thema,
deckt sich aber mit dem Rest der Bibel. An vielen, vielen Stellen macht sie deutlich, dass Gemeinschaft mit
anderen Christen überlebenswichtig ist. Im Alten Testament sprachen die Propheten häufig im barschen Ton zu
ihrer Glaubensgemeinschaft, aber sie haben die Gemeinschaft nie als irrelevant für den Glauben abgetan. Sie
wollten die jüdische Gemeinde reformieren, nicht ab-
schaffen.

Im Neuen Testament hat selbst Jesus am Sabbat die
Synagoge aufgesucht. Er hat seine Anhänger keineswegs
ermutigt, sich auf eine völlig individuelle geistliche
Reise zu begeben. Jesus lebte mit seinen Jüngern in sehr
enger Gemeinschaft; sie hatten sogar eine Gemein-
schaftskasse für ihre finanzielle Versorgung. Das Geld
kam von einigen reichen Frauen, die Jesus und seine
Jünger unterstützten (Lukas 8,3). Und diese Gemeinschaft von Nachfolgern Jesu erstreckte sich weit über die
ursprünglichen zwölf Jünger hinaus.

Die Apostelgeschichte ist voller Berichte darüber, wie Gott in und durch Gemeinden wirkt. In der ersten Gemeinde in Jerusalem teilten die Nachfolger von Jesus alles miteinander, was sie hatten – eine Art frühchristliche Kommune! Täglich haben sie zusammen gebetet und sich gegenseitig zur Verantwortung gezogen (Apostelgeschichte 2,43-47). Die Apostel sind nicht durch das ganze Römische Reich gereist, einfach um Menschen zu bekehren; sie haben vor allem Gemeinden gegründet.

Paulus hat die meisten seiner Briefe an Gemeinden geschrieben. Nach den Briefen zu urteilen, waren diese eine eng zusammengewachsene Gemeinschaft der ersten Gläubigen. Dasselbe gilt für andere Schriften im Neuen Testament. Das Buch der Offenbarung zum Beispiel enthält Briefe von Gott an sieben Gemeinden. Niemand, der das Neue Testament etwas genauer betrachtet, kommt um die Erkenntnis herum, dass das neutestamentliche Christentum eine Gemeinschaftssache war.

Von der Genesis bis zur Offenbarung und die ganze Reformationszeit hindurch wird die Gemeinschaft in Gottes Volk nicht der persönlichen Laune überlassen. Doch mit der Aufklärung im 18. Jahrhundert ist etwas sehr Merkwürdiges in der Kirche geschehen. Leute fingen an, ihren Glauben als Privatsache zu betrachten, als eine individuelle Angelegenheit, die auch außerhalb einer Gemeinschaft Gleichgesinnter bestehen kann.

In den 1970-er Jahren gab es die beliebte Fernsehserie *Die Waltons*. Darin wurde der Vater, John Walton, als starker, stabiler, guter Vater und Mann des Glaubens dargestellt. Doch wenn der Rest der Familie in die Kirche ging, bestand John immer darauf, dass seine „Kirche" der Berg sei, auf dem sie lebten. Er hat Gott ganz allein in der Schönheit der Natur angebetet. Diese Spiritualität ist typisch amerikanisch. Selbst regelmäßige Kirchgänger halten ihren Glauben für eine persönliche Angelegenheit und sehen Anbetung als etwas an, das nur zwischen Gott und ihnen geschieht.

Gemeinschaft in *Die Hütte*

Was hat *Die Hütte* über christliche Gemeinschaft zu sagen? Im Vorwort wird uns einiges über Mack erzählt, unter anderem, dass er als Dreizehnjähriger bei einer christlichen Jugendveranstaltung einem Gemeindeleiter anvertraut hatte, dass er von seinem Vater misshandelt wurde. Der Mann erzählte Macks Vater postwendend von diesem Bekenntnis, woraufhin Mack von seinem Vater fast totgeschlagen wurde. Später erfahren wir, dass Mack in Australien Theologie studiert hat und manchmal zu einer Kirche geht, die er und seine Freunde „Unabhängige Vereinigung des Heiligen Johannes" nennen.

Im Vorwort wird Mack als jemand beschrieben, der organisierte Religion skeptisch und sogar etwas zynisch sieht. Seine „innere Welt" wird als ein Ort beschrieben, wo es nur ihn selbst gibt – und vielleicht Gott, „wenn man an ihn glaubt".

Mehr sagt uns *Die Hütte* nicht über Macks religiöses Leben vor seinem Aha-Erlebnis. Mack soll als ein normaler Mensch dargestellt werden: tief verletzt durch eine gestörte Familie; in sich gekehrt und Gott gegenüber indifferent.

Sagt *Die Hütte* während und nach Macks aufschlussreichem Erlebnis mit Gott irgendetwas über christliche Gemeinschaft? Nein. Zu diesem Thema schweigt das Buch. Macks neu entdeckte Beziehung mit Gott ist eine private Angelegenheit zwischen Papa, Jesus, Sarayu und Mack. Zwar verändert die Beziehung Macks Leben, aber danach (in den „Nachworten" des Buches) wird nichts über Gemeinschaft gesagt, außer dass Macks Veränderung in seinem Umfeld hohe Wellen geschlagen hat – es sei denn, man sieht Macks Freundschaft mit dem Erzähler als christliche Gemeinschaft.

Was hätte *Die Hütte* über die Kirche oder christliche Gemeinschaft sagen können? Da das Buch uns Gottvertrauen, Nachfolge und persönliche Veränderung nahebringen will, hätte es auch etwas über Gemeinschaft enthalten müssen – besonders wegen der negativen Dinge, die im Vorwort über Macks Beziehung zur Kirche gesagt werden. Sollte eine Erfahrung, wie Mack sie gemacht hat, nicht dazu führen, dass man sich zu anderen Nachfolgern von Jesus hingezogen fühlt und mit ihnen gemeinsam noch tiefer in die Beziehung zu Gott einsteigt?

Tiefe Erneuerung und Veränderung schließen immer eine Gemeinschaft mit ein, weil kein Anhänger von Jesus in völliger Isolation lang bestehen kann. Das hat Gott nie so vorgesehen.

Deshalb möchte ich mich etwas aus dem Fenster lehnen und ein alternatives Ende für *Die Hütte* vorschlagen: Macks Gotteserlebnis krempelt ihn derart um, dass er nicht mehr zufrieden damit ist, es im Alleingang mit Gott zu versuchen. Papa, Jesus und Sarayu haben ihm offenbart, wie wichtig es ist, sich mit anderen Christen zusammenzutun, die Unvollkommenheiten von anderen Gläubigen zu akzeptieren und sie bedingungslos zu lieben, genau wie Gott Mack selbst und auch seine anderen Kinder liebt. Also bittet Mack seinen Pastor, ob er der Gemeinde von seinem Erlebnis berichten darf. Der Pastor stellt ihm am darauffolgenden Sonntagmorgen die Kanzel zur Verfügung und mit Tränen in den Augen erzählt Mack der Gemeinde einige der Dinge, die Gott ihm gesagt und für ihn getan hat. Er bekennt, wie gering er die Gemeinde vorher geschätzt hat und bittet die Leute um Vergebung. Dann gibt er sein Wort, dass er von nun an zusammen mit ihnen Jesus nachfolgen möchte.

Das wäre doch nett, oder? Allerdings würde ich noch ein weiteres Element hinzufügen, das begeisterten Lesern von *Die Hütte* vielleicht nicht so gefällt. Während seines Zeugnisses bittet Mack die Anwesenden, genau zu prüfen, was er von Gott gehört hat, und zusammen mit ihm zu beurteilen, ob er richtig gehört hat. Immerhin gibt es ja haufenweise Leute, die wirklich glauben, dass Gott zu ihnen gesprochen hat, aber den wildesten Irrlehren aufgesessen sind.

Dazu würde ich gerne einige Beispiele geben. Ich kenne einen berühmten Sänger und Songwriter, der wirklich glaubt, dass Gott zu ihm gesprochen und ihn aufgefordert hat, die Bibel ganz neu zu untersuchen. Infolgedessen glaubt er im Gegensatz zur langen Geschichte christlicher Lehre nicht mehr daran, dass Jesus wirklich Gott ist.

Als College-Student habe ich mir oft einen bekannten Radioprediger angehört. Er hat häufig davon gesprochen, wie Gott ihn in den Himmel mitgenommen hat, wo er Gott von Angesicht zu Angesicht begegnet ist und sich mit ihm unterhalten hat. Gott hat dabei zu ihm im altertümlichen Englisch der ehrwürdigen *King James*-Bibel gesprochen und ihm Dinge offenbart, die schlicht und ergreifend absurd sind. Er hat den Gedanken entwickelt, dass Gottes Wort zwei Dimensionen hat: das vergangene Wort und das gegenwärtige Wort, wobei die Bibel selbst-

146

verständlich für die Vergangenheit bestimmt ist und seine eigene (verworrene) Botschaft für die Gegenwart.

Viele Leute tun solche Evangelisten einfach als Spinner ab. Als ich vor vielen Jahren an der *Oral Roberts University* Theologie lehrte, sagte Roberts öffentlich, dass Gott ihm erschienen sei und gesagt habe, er würde sterben – es sei denn, er schaffe es, 8 Millionen Dollar für sein medizinisches Zentrum *City of Faith* aufzubringen. Die Medien haben ihn dafür verspottet, und Millionen von Menschen haben ihn als Lügner bezeichnet. Aber hat er wirklich gelogen? Ich denke, er hat wirklich geglaubt, dass er so ein Erlebnis gehabt hat. Doch wurde ihm wirklich etwas offenbart? Das bezweifle ich. Menschen glauben oft, Gott habe zu ihnen gesprochen, obwohl sie sich in Wirklichkeit nur etwas eingebildet haben, was sie hören wollten.

Eines Tages beim Joggen sprach Gott zu mir. Ganz recht: Gott sprach zu mir. Nicht mit einer vernehmbaren Stimme, aber genauso eindringlich und überzeugend, als wenn es eine hörbare Stimme gewesen wäre. Ehrlich gesagt hatte ich so etwas noch nie zuvor erlebt. Ich habe mich mit Gott unterhalten! Und bei diesem Erlebnis hat Gott mir eine Gabe gegeben und mir gesagt, dass ich sie für einen ganz bestimmten Zweck einsetzen soll.

Nun gab es in dieser Botschaft Gottes nichts, was einer Irrlehre gleichkäme. Auch waren seine Anweisungen nicht verrückt oder sonderbar. Doch ich war ausreichend mit der Bibel vertraut, um zu wissen, dass ich mein Erlebnis meiner Glaubensfamilie zur Prüfung vorlegen sollte. Das tat ich dann auch. Zunächst habe ich meiner Frau davon erzählt, danach meinem Pastor und meiner wöchentlichen Gebetsgruppe. Sie alle haben bekräftigt, dass ich mir das Erlebnis nicht eingebildet habe, sondern es tatsächlich nach Gott klang. (Ein offenkundiger Grund dafür war die Gabe, die Gott mir gegeben hatte – eine fast übernatürliche Befähigung, die nicht mir selbst diente, sondern einer bedürftigen Person.)

Meiner Meinung nach hätte Mack sein Erlebnis seiner Glaubensfamilie zur Prüfung vorlegen sollen. Als Nachfolger von Jesus müssen wir uns unserer eigenen Schwächen bewusst sein. Wir tendieren dazu, das zu hören, was wir hören wollen. Deshalb sollten wir unsere Erlebnisse mit Gott dem Urteil anderer Christen aussetzen.

Paulus schrieb den Christen in Korinth zu genau diesem Thema. In 1. Korinther 14,29 weist er die charismatischen Korinther an, dass andere die prophetischen Aussagen von bestimmten Leuten beurteilen sollen. Er sagt nicht, dass sie das nur tun sollen, wenn die Prophetie ihrer Meinung nach möglicherweise falsch sein könnte. Paulus setzt voraus, dass der Prophezeiende immer der Meinung ist, seine Botschaft käme von Gott. Aber Paulus weiß auch, dass das nicht immer der Fall ist!

Das Neue Testament berichtet, wie dieses Prinzip auf Paulus selbst angewandt wurde. In der Apostelgeschichte wird Paulus' Missionseinsatz in Thessalonich, Beröa und Athen beschrieben. Über die Leute in Beröa heißt es, dass sie „aufgeschlossener (waren) als die in Thessalonich. Sie nahmen die Botschaft mit großer Bereitwilligkeit auf und studierten täglich die Heiligen Schriften, um zu sehen, ob das, was Paulus sagte, auch zutraf" (Apostelgeschichte 17,11). Die Menschen aus Beröa werden nicht dafür getadelt, dass sie die Predigten von Paulus überprüften, ganz im Gegenteil.

Mir geht es jedoch nicht so sehr darum, geistliche Erlebnisse und Botschaften kritisch zu untersuchen, sondern die Bedeutung der Gemeinschaft von Christen in der

Nachfolge hervorzuheben. Ein Anhänger von Jesus zu sein bedeutet, sich einer treuen (und manchmal nicht so treuen) Gruppe von Jüngern anzuschließen. Unter den Nachfolgern von Jesus gibt es keine einsamen Cowboys.

Ungesunde Gemeinschaft

Christen im Westen geben die Kirche nur allzu leicht auf, und viele Kirchen machen das einem auch allzu leicht. Zunächst zum Letztgenannten: Zu viele Gemeinden drängen einem förmlich den Gedanken auf, die Kirche völlig abzuschreiben. Ich bin in meinem Leben Mitglied von 13 Gemeinden gewesen. Teilweise lag das daran, dass ich viel umgezogen bin. Aber viele Gemeinden haben sich auch als äußerst schlecht entpuppt. Einige halte ich im Rückblick schlicht und ergreifend nicht für echte christliche Gemeinschaften.

Unter anderem wegen der vielen äußerst fehlerhaften Gemeinden geben Christen zu schnell auf und treiben ins individualistische Christentum ab. Allerdings kann ich diese Menschen nicht zu scharf verurteilen. Ich selbst habe in Gemeinden tiefe Enttäuschungen erlebt. Auch habe ich Freunden zugehört, die ihre Suche nach einer funktionierenden christlichen Gemeinschaft aufgegeben und sich mit einem Einzelkämpferdasein abgefunden haben. Einige der Geschichten, die sie erzählen, sind wirklich erschreckend. Dennoch finde ich nicht, dass man sein geistliches Leben langfristig im Alleingang gestalten kann. Unterwegs kann man immer eine funktionierende Gemeinschaft von Mitstreitern finden. Eventuell kann man wegen räumlicher Distanz oder anderer Faktoren nicht ganz regelmäßig mit einer solchen

Gruppe zusammen sein, aber aufzugeben ist nie gut oder richtig.

Unter welchen Umständen ist es also gerechtfertigt, eine Gemeinde oder Glaubensfamilie zu verlassen? (Mit „Gemeinde" meine ich alle christlichen Gruppen, die sich regelmäßig zum Gottesdienst treffen, und sei es nur bei jemandem zu Hause.) Eine der Gemeinden habe ich verlassen und mir eine andere gesucht, weil ich merkte, dass das Evangelium dort nicht so wichtig war wie das Äußere der Mitglieder. Zu diesem Schluss bin nicht nur ich gekommen; viele andere hatten genau denselben Eindruck. Menschen, die sich kein teures Auto oder tolle Kleidung leisten konnten, wurden dort spürbar geschnitten und schief angeschaut. An einem Sonntagmorgen zelteten einige Leute auf dem Gemeinderasen. Sie taten das aus Protest gegen den offen zur Schau getragenen Reichtum der Gemeindemitglieder inmitten einer bedürftigen Nachbarschaft. Die Gemeinde tat nichts, um ihnen entgegenzukommen oder mit ihnen zu reden. Es gab nur harsche Kritik gegen die Demonstranten.

Ein anderes Mal haben meine Familie und ich eine Gemeinde verlassen, weil die Leiter mit den Pastoren und ihren Angehörigen absolut lieblos umgesprungen sind. Unter dem Druck des Vorstands hat der Pastor sein Amt niedergelegt, und dann hat der Vorstand die Gemeindemitglieder dazu angestachelt, alle pastoralen Mitarbeiter zu entlassen, damit ein neuer Pastor ganz neu anfangen konnte. Diese Gemeinde wurde geführt wie ein Unternehmen und nicht wie eine Kirche. Ein Repräsentant der Denomination sagte, dass er dieser Gemeinde nicht guten Gewissens einen Pastor empfehlen könne. Wir sind gegangen, weil die Gemeindemitglieder dafür stimmten, die Angestellten zu entlassen, obwohl sie von vielen weisen Menschen vor so einer Vorgehensweise gewarnt wurden.

Wir sind nicht aus einer Laune heraus gegangen oder weil „unsere Bedürfnisse nicht erfüllt wurden". Nach diesem schwierigen Abgang haben meine Familie und ich eine andere Gemeinde gesucht und gefunden. Und natürlich hatte unsere neue Glaubensfamilie ebenfalls ihre Mängel. Wo Sünder mitmachen, gibt es keine Vollkommenheit, und wir sind alle Sünder.

Es ist angebracht, aus einer Kirche auszutreten und sich eine andere Gemeinschaft von Christen zu suchen, wenn mit Menschen innerhalb oder außerhalb der Gemeinde missbräuchlich oder gleichgültig umgegangen wird oder ethische Grundsätze verletzt werden. Man sollte gehen, wenn die Kirche Irrlehren verbreitet oder sich in unbiblischen Praktiken versucht. Man sollte gehen, wenn die Kirche einfach geistlich tot ist und es keine realistische Hoffnung auf eine Wiedererweckung gibt. Man sollte gehen, wenn die Leiterschaft nicht verantwortlich handelt.

Wonach sollten wir uns umsehen, wenn wir eine Gemeinschaft verlassen haben? Als erstes sollte man nicht zu lange warten. Zu viele von uns geraten in die Falle, in der wir uns als Einzelkämpfer ganz wohlfühlen und es zunehmend schwierig oder sogar unmöglich finden, uns in eine Gemeinschaft einzufügen.

Als zweites sollte man beten, dass Gott einen an den richtigen Platz bringt. Man sollte um die Führung des Heiligen Geistes bitten. Erwarten Sie aber nie Vollkommenheit. Man sollte fragen:

1.) Sind die Predigten und sonstigen Lehren in dieser Gemeinde biblisch und „beruhigen sie die Geplagten und plagen die allzu Ruhigen"?

2.) Ist die Gemeinde bereit, junge Menschen zu integrieren und mit der Zeit zu gehen, ohne dabei ihre Prinzipien untergraben zu lassen?

3.) Sind sich die Leute gegenseitig in christlicher Liebe verpflichtet?

4.) Helfen sie den Schwachen und Schutzlosen innerhalb und außerhalb der Kirchenwände?

Es gibt auf der Suche nach einer guten Gemeinde keinen unfehlbaren Lackmustest. Wir sollten von keiner Kirche erwarten, dass sie allen Ansprüchen gerecht wird. Vielmehr sollten wir einige Enttäuschungen erwarten, uns allerdings auch nicht zu leicht enttäuschen *lassen*. Aber vor allem sollten wir nicht zu lange warten, um eine Glaubensgemeinschaft zu finden, und dann sollten wir uns mit ganzem Herzen an ihrem Dienst an Gott und Menschen beteiligen.

Ist Gottvertrauen immer
ein Zuckerschlecken?

Am Ende des Buches ist Mack ein anderer Mensch: Die *Große Traurigkeit* ist vorüber und an den meisten Tagen spürt er eine tiefe Freude in sich. Nach seiner Begegnung mit Papa, Jesus und Sarayu wird Mack zu dem Kind, das er nie sein durfte, voller Vertrauen und Staunen. Er begrüßt sogar die Schattenseiten des Lebens mit offenen Armen, weil sie Teil eines unglaublich prächtigen und bedeutungsvollen Webstücks sind, von einer meisterhaften Hand der Liebe gemacht.

Natürlich freuen wir uns für Mack. Aber ist das Leben wirklich so? Kann man wirklich sein Kind auf derartig schreckliche Weise verlieren und wieder Freude am Leben empfinden? Kann eine Begegnung mit Gott das bewirken?

Als ich mich auf das Schreiben dieses Buches vorbereitete, habe ich viele Leute, die *Die Hütte* gelesen haben, nach ihrer Meinung gefragt. Die Antwort einer Frau war besonders ergreifend. Sie ist Ende 50 und lehrt an einer Universität. Sie hat das Buch mit einer Handbewegung abgetan und brüsk gemeint: „So ist das Leben nicht. Das Ende war zu gut, um wahr zu sein. Zu simpel." (Ich drücke mit eigenen Worten aus, was sie gesagt hat.) „Ich glaube nicht, dass jemand, dessen Kind ermordet wurde, jemals so darüber hinwegkommt wie Mack." Ich vermute, anderen Lesern ging es genauso, besonders solchen, die selbst schon etwas ähnlich Schreckliches durchgemacht haben.

Also, wie realistisch ist das Ende der Geschichte? „Und sie lebten glücklich miteinander bis ans Ende ihrer Tage" gefällt den meisten Leuten heutzutage nicht, außer als letzter Satz eines Märchenbuches. *Die Hütte* gibt uns jedoch das ultimative Happy End. Und wie sieht es mit dem Rest der Geschichte aus? Kann es solch eine lebensverändernde Gottesbegegnung geben? Sollen wir so etwas in unserem eigenen Leben erwarten? Ist das normal?

Ich glaube nicht, dass William P. Young irgendeine dieser Fragen mit Ja beantworten würde. Vielmehr möchte er uns einfach mitteilen, was er über Gott und das Böse gelernt hat. Was also kann uns das Lesen des Buches bringen?

Von der *Großen Traurigkeit* befreit

Am Anfang trägt Mack die Last der *Großen Traurigkeit*. Sie wird als eine dunkle Wolke beschrieben, die ihn ständig niederdrückt. Das fällt eindeutig unter die Definition einer klinischen Depression. Im Gegensatz zur allgemeinen Meinung schaffen es die meisten depressiven Menschen irgendwie, die täglichen Aufgaben zu bewältigen; sie sind einfach nur äußerst unglücklich. Sie haben keine Freude am Leben. Es ist so, wie wenn das Licht ausgegangen ist, aber man im Dunkeln immer noch herumtasten kann.

Die meisten Leute können nachvollziehen, dass man als Vater oder Mutter tief depressiv werden kann, wenn man sein Kind verliert – besonders unter so schlimmen

Umständen wie Missys Ermordung. Doch Macks Depression geht über das Normale hinaus; sie hat auch eine geistliche Dimension. Etwas hat sich in Mack hineingefressen und bestimmt nun sein Leben. Er sieht die ganze Welt durch die Augen seines Verlustes. Er ist Gott gegenüber verbittert.

Zweitens erfordert Macks Befreiung von der *Großen Traurigkeit* ein Wunder. Medikamente reichen da nicht. Vielleicht heben sie seine Stimmung ein wenig und helfen ihm, mit den täglichen Herausforderungen besser zurechtzukommen, aber sie bringen die Freude nicht wieder in sein Leben zurück. Er hat keine Freude mehr, weil er verbittert ist und nicht mehr an Gottes Güte glaubt. Es wäre fast besser für ihn, nicht mehr an Gott zu glauben, als in seinem Zustand zu verharren. Doch er gibt seinen Glauben an Gott nicht auf; er gibt nur den Glauben daran auf, dass Gott gut ist.

Drittens kommt Macks Wunder unerwartet und genau zur rechten Zeit. Wurde dadurch das Gebet eines anderen erhört? Wir können nur mutmaßen, dass vielleicht Nan, Macks Frau, für ihn gebetet und Gott deswegen auf so mächtige Weise eingegriffen hat, um Mack aus seiner *Großen Traurigkeit* herauszuholen und sein Vertrauen auf seine Güte wiederherzustellen. Wäre es nicht wunderbar, wenn Gott das jedes Mal täte, wenn Menschen einen niederschmetternden Verlust erlitten und ihr Vertrauen zu ihm verloren haben? Aber das tut er nicht. Oder vielleicht doch, aber ganz anders als erwartet.

Wer an Gott glaubt, muss auch an Wunder glauben. Über die Jahre bin ich zahllosen Menschen begegnet, die ihren Glauben an Gott beteuern, aber nicht an Wunder glauben. Sie würden Macks Erfahrung für einen Traum halten und seine Veränderung einem natürlichen Heilungsprozess zuschreiben, oder vielleicht einer chemischen Reaktion in seinem Gehirn. Aber warum? Wenn es Gott gibt und die Natur von ihm geschaffen wurde, kann er doch mit ihr machen, was er will. Sollte der Schöpfer an die Naturgesetze gebunden sein? Nein, das ergäbe keinen Sinn. Wenn es Gott gibt, dann kann er auch Wunder tun.

Somit gibt es keinen logischen Grund, warum Macks Erlebnis nicht passiert sein sollte und warum er seine Lebensfreude nicht auf übernatürliche Weise wiedergefunden haben könnte. Doch normalerweise passiert das nicht auf diese Art und Weise. Und Leute, die genau so etwas erwarten, tragen häufig zur *Großen Traurigkeit* von anderen Menschen bei.

Meine Stiefmutter hat einen mentalen und emotionalen Zusammenbruch erlitten und ist viele Monate lang nicht in die Kirche gegangen. Sie konnte sich kaum aus dem Bett schleppen, um überhaupt irgendetwas zu tun. Ihre Depression war so stark, dass sie manchmal sogar Wahnvorstellungen hatte. Als sie sich endlich etwas erholt hatte und wieder in die Gemeinde ging, kam im Foyer ein übergeistlicher Mann auf sie zu und sagte: „Oh, Schwester … vertraust du Jesus jetzt wieder?" Meine Stiefmutter wäre am liebsten wieder nach Hause gegangen und zurück in Bett gekrochen.

Was wäre gewesen, wenn dieser übergeistliche Mann *Die Hütte* gelesen hätte? Wäre er dadurch für die Nöte anderer sensibler geworden? Ist eine geistliche Depression immer auf mangelndes Gottvertrauen zurückzuführen, oder ist die *Große Traurigkeit* einfach eine normale menschliche Reaktion auf Verlust und Leid – selbst für Christen?

Ich bezweifle nicht, dass Gott die Macht hat, in das

Leben von Menschen einzugreifen und sie von ihrer *Großen Traurigkeit* zu befreien. Das habe ich selbst schon erlebt. Meistens passiert das jedoch nicht an einem einzigen Wochenende. Und in jedem mir bekannten Fall bleiben Wunden und Narben zurück. Wenn jemand ein Kind auf tragische Weise verloren hat, kann man es ihm wohl kaum verdenken, wenn er die *Große Traurigkeit* erlebt – und auch sein Gottvertrauen ein Stück weit verliert. Aber es ist eine Sache, durch einige dunkle Zweifel zu gehen, und etwas ganz anderes, Gott zu verfluchen. In unserer Endlichkeit und Unvollkommenheit sind Zweifel an Gottes Güte oder Nähe auf jeden Fall ganz natürlich.

Hiob und die *Große Traurigkeit*

Gibt uns die Bibel Orientierungshilfe zu diesem Thema? Das Buch Hiob ist für den Anfang ganz hilfreich. Zwischen *Die Hütte* und Hiob gibt es viele Parallelen, aber auch beträchtliche Unterschiede.

Zum einen wurden Hiobs Leid – mit Gottes Erlaubnis – von Satan verursacht. (Einige Bibelexperten debattieren, ob der „Ankläger" in der Hiobsgeschichte Satan ist, aber diese Diskussion lassen wir hier besser außer Acht.) Hiobs Leid war ein Test seiner Treue Gott gegenüber.

In *Die Hütte* testet Gott Mack jedoch nicht. Was Mack erlitten hat, gehört zum Leben in einer gefallenen Welt. So etwas passiert einfach. Gott hat es nicht vorherbestimmt, angeordnet oder geplant. Somit hat Mack weniger Grund als Hiob, Gott zu misstrauen! Natürlich kannte Hiob den Grund für sein Leid nicht, weswegen es den beiden psychologisch gesehen ähnlich erging:

Sie meinten nämlich, dass Gott irgendwie die Schuld trüge.

Seit Jahrhunderten wird darüber diskutiert, was genau das Hiob-Buch vermitteln soll. Einige sagen, es solle deutlich machen, dass Gott der Höchste ist und alles zu seiner Herrlichkeit geschieht, mag es noch so schlimm erscheinen. Andere sagen, es lehre, dass Gott nicht der Urheber von bösen Dingen und vom Leid Unschuldiger ist. Er lasse diese Dinge nur zu und wenn wir ihm vertrauen, wirkt er Gutes aus ihnen.

Ich halte *Die Hütte* für eine Interpretation des Buches Hiob. Es legt die Sichtweise des Autors zum Problem des Leids Unschuldiger dar. Wo ist Gott, wenn gute Menschen schrecklich zu leiden haben? Die Antwort im Hiob-Buch ist mehrdeutig. Zunächst erfahren wir, dass Gott seinen Schutzwall um Hiob weggenommen hat, damit Satan ihn auf die Probe stellen konnte. Dann wird geschildert, wie Hiob trotz seines schrecklichen Verlusts und Leids Gott zwar infrage stellt, sich aber nicht von ihm abwendet. Zum Schluss lesen wir noch, dass Gott sich weigert, die bohrenden Fragen von Hiob und seinen Freunden zu beantworten. Er fragt sie einfach, wo sie waren, als er – Gott – alles erschaffen hat. Gott lässt die „Warum"-Frage offen. Über eine Sache kann jedoch kein Zweifel bestehen: Ein Hauptpunkt von Hiob ist, dass wir Gott vertrauen können, ganz gleich, was passiert, und dass es sich lohnt, ihm zu vertrauen.

Mack ist eine Hiob-Figur. Mit einem entsetzlichen Unheil konfrontiert – dem Schlimmsten, was man sich als Eltern vorstellen kann –, stellt er Gottes Güte in Frage. Auch er wendet sich nicht komplett von Gott ab; er zweifelt einfach nur an Gottes Güte und Vertrauenswürdigkeit. Greift Gott auf die gleiche Weise ein? Nicht ganz.

Hiobs Gott geht über die Fragen nach seinen Motiven und seiner Güte hinweg. Er sagt Hiob und seinen Freunden, dass er Gott ist und weiß, was er tut – Punkt. Macks Gott lässt sich dagegen auf eine lange Unterhaltung ein, in der er erklärt, warum Mack ihm vertrauen kann. Dabei versucht er nicht, alles zu erklären. Einige Rätsel und Geheimnisse dürfen bestehen bleiben. Uns wird nie genau gesagt, warum Gott so viel Leid zulässt – nur, dass er seine Gründe hat. Es hat etwas mit dem freien Willen zu tun und damit, dass diese Welt eine Vorbereitung auf die nächste Welt ist.

Hiobs Endzustand – nachdem Gott ihm mehr zurückgegeben hat, als er verloren hatte – ist Glück. Er scheint seine verstorbenen Kinder zu vergessen und sich auf das Gute zu konzentrieren, mit dem Gott ihn beschenkt hat, weil er in seinem Leid durchgehalten hat. So etwas Ähnliches passiert auch mit Mack. In diesem Sinne ist das Ende von *Die Hütte* biblisch.

Mit Schmerz, Trauer und Leid kämpfen

Als Jesus am Kreuz starb, schrie er zu seinem Vater: „Mein Gott, mein Gott, warum hast du mich verlassen?" (Markus 15,34). Inmitten seines Leids hat der Sohn Gottes die Gegenwart Gottes infrage gestellt. Hat Jesus also auch sein Vertrauen auf den himmlischen Vater verloren? Nein, das geht zu weit. Das tiefe Vertrauen auf Gottes Güte hat den Sohn Gottes jedoch nicht davon abgehalten, seinen quälenden Gefühlen Ausdruck zu verleihen.

Die Psalmen sind voller Klagen gegen Gott. Im ganzen Psalm 134 schreit David zum Beispiel zum Herrn und sagt im Grunde: „Wo bist du, Gott?" Und im Buch der Klagelieder, das angeblich vom Propheten Jeremia geschrieben wurde, sagt der Prophet zu Gott:

Er gab mir die bitterste Kost zu essen und ließ mich bitteren Wermut trinken. Er hat mich in den Staub gedrückt und mich gezwungen, Kies zu kauen. Das ruhige Leben hat er mir genommen; ich weiß nicht mehr, was Glück bedeutet. Ich habe keine Zukunft mehr, vom Herrn ist nichts mehr zu erhoffen! (Klagelieder 3,15-18)

In seinen Briefen schwankt auch Paulus oft zwischen Verzweiflung und Hoffnung: „Ihr sollt wissen, Brüder und Schwestern, dass ich in der Provinz Asien in einer ausweglosen Lage war. Was ich zu ertragen hatte, war so schwer, dass es über meine Kraft ging. Ich hatte keine Hoffnung mehr, mit dem Leben davonzukommen, ja, ich war ganz sicher, dass das Todesurteil über mich gesprochen war. Aber das geschah, damit ich nicht auf mich selbst vertraue, sondern mich allein auf Gott verlasse, der die Toten zum Leben erweckt." (2. Korinther 1,8-9).

In 2. Korinther 12,7 spricht Paulus von seinem „Stachel im Fleisch", von dem Gott ihn trotz seiner flehenden Gebete einfach nicht befreite. Zwar wurde ihm bewusst, was dieser „Stachel" bezweckte, aber ich bezweifle, dass ihm das Wissen jemals den Schmerz nahm.

Was hat uns all das zu sagen? Ich denke, es bestätigt, dass es bei einem schrecklichen Verlust ganz normal und überhaupt nicht „unchristlich" ist, dass man mit Schmerz, Trauer und Leid zu kämpfen hat. Das Leben ist kein Zuckerschlecken, selbst wenn man sein Vertrauen auf Gott wiedergewinnt. Ich möchte Macks positive Gemütsverfassung nach seiner Gottesbegegnung nicht vom Tisch fegen, aber ich befürchte, dass viele Menschen von

Schuldgefühlen geplagt werden, wenn sie nicht auch so eine Verbesserung erleben. Wird man automatisch von der *Großen Traurigkeit* befreit, wenn man auf Gottes Güte vertraut? Ist es eine Sünde, nicht ganz auf Gottes Güte zu vertrauen? Sollte *Die Hütte* diese Fragen indirekt bejahen, muss man das Buch an diesem Punkt korrigieren.

Die Bibel wimmelt von Leuten, die eine tiefe Beziehung zu Gott hatten und von ihm auf besondere Weise gebraucht wurden, aber trotzdem die Last der *Großen Traurigkeit* zu tragen hatten. König David ist da ein gutes Beispiel. Wegen seines Ehebruchs mit Bathseba nahm Gott ihm seinen Sohn. Hätte David einfach sagen sollen: „Ich vertraue auf Gottes Güte und jetzt ist alles wieder in Ordnung"? Ich denke, das ist zu viel erwartet von einem Normalsterblichen.

Gott inmitten der *Großen Traurigkeit* vertrauen

Ich möchte damit sagen, dass die Bibel realistisch ist in Bezug auf unsere Beschränktheit und Schwäche. Gott kann uns verändern, das stimmt; diese Hoffnung vermittelt die Bibel auch. Doch selbst die Glaubenshelden in der Bibel hatten – wie wir heute sagen würden – mit Depressionen zu kämpfen. Und die Kirchengeschichte vermittelt dasselbe realistische Bild.

Viele der frühen Kirchenväter hatten mit Depressionen zu kämpfen und machten sogar längere Zeiten durch, in denen sie Gottes Güte anzweifelten. Der Kirchenvater Augustinus beispielsweise hat das offen eingestanden. Martin Luther hat häufig über Phasen großer Niedergeschlagenheit gesprochen, die sein Leben lang immer wiederkehrten. Der Kirchenlieder-Dichter William Cowper der unter anderem *Es ist ein Born, draus heilges Blut* geschrieben hat, verbrachte Jahre in einer Anstalt und hat unter anderem seine Erlösung angezweifelt. C.S. Lewis wurde von dunklen Launen geplagt, in denen er Gottes Güte infrage stellte, besonders nach dem Tod seiner Frau Joy. Der große evangelikale Theologe E.J. Carnell, Präsident des *Fuller Theological Seminary*, ist vermutlich an einer Überdosis Antidepressiva gestorben.

Weder die Bibel noch die Geschichte geben also Anlass zu der Annahme, dass die *Große Traurigkeit* einfach verschwindet, wenn man Gott vertraut. All diese Menschen haben eine tiefe Beziehung zu Gott gepflegt, manchmal mehr, manchmal weniger. Wenn man *Die Hütte* gelesen hat, ist man verleitet zu denken, dass man nur Gott vertrauen muss, und schon verschwinden Depressionen und sogar Zweifel. Dabei können Christen durchaus auf Gott vertrauen und trotzdem tiefe Trauer verspüren. Oder ein Wechselbad der Gefühle erleben. Das ist eine normale menschliche Reaktion auf einen tragischen Verlust. So sind wir nun mal gemacht.

Wie hätte also meiner Meinung nach *Die Hütte* ausgehen sollen, um dieses Problem zu vermeiden? Mein Vorschlag wäre eine realistischere Darstellung davon, wie es Mack weiter ergeht. Wenn das eigene Kind ermordet wird, glaube ich, dass man innerlich immer gebrochen bleibt. Ja, Gott und die Zeit können viele Wunden heilen, und ein Stück weit kann man seine Lebensfreude wiedergewinnen. Aber wir sollten niemanden kritisch betrachten, der immer wieder über sein verlorenes Kind nachsinnt. Es ist ganz normal, dass die Gedanken immer wieder zu diesem traumatischen Erlebnis zurückkehren und man sogar noch nach Jahren zu Gott schreit: „Warum?"

Ich wuchs in einer Kirche auf, in der das „volle Evangelium" gepredigt wurde. Dort fragten sich die Leute ständig gegenseitig seltsame Dinge wie: „Hast du den Sieg?" Das sollte heißen: „Ist dein Leben voller Freude und triumphierst du über deine Umstände, egal wie sie auch sein mögen?" Wenn jemand das nicht bejahen konnte, wurde für die entsprechende Person viel gebetet und man stellte den Grad ihrer Geistlichkeit infrage. Zweifellos beeinflusst diese Erfahrung die Art, wie ich heute Leid und seine Folgen sehe.

Deshalb würde ich die „Nachworte" abändern. Ich hätte darin geschrieben, dass Macks *Große Traurigkeit* zwar durch seine ungewöhnliche Begegnung mit Gott von ihm wich, er aber trotzdem manchmal wehmütig und mit Trauer in den Himmel blickt, an Missy denkt und sich wünscht, sie bei sich zu haben. Er hätte gern erlebt, wie sie die Schule abschließt, heiratet und Kinder bekommt. Und manchmal ringt er immer noch mit der Frage, ob Gott wirklich gut ist, auch wenn er sich an die Sicherheit erinnert, die Papa, Jesus und Sarayu ihm vermittelt haben. An dieses Vertrauen klammert er sich, und es hilft ihm immer wieder zurück auf den richtigen Weg. Er glaubt daran, dass Gott die unschuldig Leidenden tröstet und selbst aus dem schlimmsten Unheil etwas Gutes bewirken kann.

Gott ist gut

Schlimme Vorkommnisse wie Missys Ermordung machen Fragen über Gottes Güte überaus akut. Es gibt viele Erklärungen, die Gottes Güte mit den Schrecken der Geschichte in Einklang zu bringen versuchen. Keine davon ist gänzlich zufriedenstellend – wenn wir mit „zufrieden-stellend" meinen, dass sie das emotionale Trümmerfeld und all den Schmerz wegerklären. Aber besser als die Erklärung in *Die Hütte* geht es nicht. Gott lässt alles zu, aber bestimmt die Dinge nicht vorher oder bringt sie in Existenz. Und wenn er etwas zulässt, tut er das aus Gründen, die über unser Fassungsvermögen gehen.

Diese Sichtweise hat mir ungemein geholfen. Verständlicherweise geht der Roman nicht auf alle Einzelheiten ein, aber Papa erklärt Mack, dass er nicht einfach *von sich aus* eingreifen und all dem Leid Unschuldiger ein Ende bereiten kann.

Aufgrund dieser Auffassung kann ich weiterhin an Gottes Güte glauben, auch wenn so viele schrecklich böse Dinge in der Welt passieren und so viele Unschuldige leiden müssen. *Die Hütte* scheint mir zu 90 Prozent richtig zu liegen: Gott ist gut. Wir können uns auf ihn verlassen – nicht darauf, dass er alles einfach in Ordnung bringt, sondern darauf, dass er sich um jeden Menschen kümmert. Er hat unser Bestes im Sinn und führt letztlich alles zum Guten (Römer 8,28).

Für meinen Glauben ist die wichtigste Frage, ob Gott gut ist. Einen Gott, der allmächtig, aber nicht gut ist, finde ich nicht sehr anziehend. Ich glaube lieber an einen liebenden und guten Gott, der uns zuliebe seine Macht beschränkt. Und ich denke, dieses Bild von einem sich einschränkenden und liebenden Gott ist durch und durch biblisch. Zwei Hauptthemen in der Bibel sind Gottes Abscheu gegen das Leid Unschuldiger (Gott ist gut) und die Tatsache, dass er auf unsere Gebete wartet, ehe er handelt (Gott hat sich beschränkt).

Das Ergebnis von Gottvertrauen

Da Gott gut ist, kann ich ihm vertrauen – und trotzdem tiefe Traurigkeit über den Zustand der Welt verspüren. Auch Gott, so glaube ich, ist zutiefst traurig über seine gefallene Schöpfung. Selbst für ihn ist nicht alles ein Zuckerschlecken! Wenn er über den Mord an einem Kind trauert – und ich kann mir nicht vorstellen, dass er es *nicht* tut –, dann kann man Eltern gewiss nicht zur Last legen, wenn sie trotz großen Gottvertrauens das Gleiche empfinden.

Mein Ende des Buches würde deswegen erzählen, wie sich die *Große Traurigkeit* durch Macks Begegnung mit Gott und mit der Zeit langsam immer mehr verflüchtigt. Das tiefe Gefühl des Verlusts bleibt, aber er spürt jetzt noch etwas anderes: Die geistliche Schwere, die auf ihm lastete und ihn Gott gegenüber zynisch und hart machte, hebt sich allmählich. Immer häufiger bricht Freude durch seinen Schmerz. Er findet zurück in seinen Lebensrhythmus und zu seinen Beziehungen, obwohl er manchmal immer noch mit Gefühlen der Leere und Trauer zu kämpfen hat.

Würde mein Ende die Leser von *Die Hütte* zufriedenstellen? Ich weiß es nicht. Möglicherweise würde es vielen gegen den Strich gehen. Einigen Leuten gefallen Märchen-Enden besser. Aber sind sie realistisch? Leider könnte durch das vom Autor gewählte Ende der Eindruck entstehen, dass Leute, die mit Trauer zu kämpfen haben, einfach Gott nicht genug vertrauen. Da ist mir ein realistisches Ende lieber.

Wie sollen wir auf
Die Hütte reagieren?

Ein Zitat auf dem amerikanischen Cover von *Die Hütte* vergleicht das Buch mit Bunyans Klassiker *Die Pilgerreise* (St. Johannes, 5. Auflage 2008). Ich bin mir nicht sicher, ob es literarisch wirklich auf der gleichen Ebene ist. So wunderbar und inspirierend *Die Hütte* auch ist; trotzdem ist es nur eine Geschichte. Meine Sorge ist, dass einige hingerissene Leser versucht sind, das Buch zu einem Status zu erheben, den kein Roman verdient hat. Auch wenn seit der Bibel viele unglaublich erfolgreiche und wirklich lebensverändernde Bücher geschrieben wurden, müssen sie alle nüchtern beurteilt und nicht so ernst genommen werden wie die Bibel.

Im Jahr 1896 schrieb der christliche Prediger Charles M. Sheldon den Roman *In seinen Fußstapfen* (Gerth Medien 2009); nach der Bibel das meistverkaufte Buch überhaupt. Millionen von Menschen haben es gelesen und viele anregende Gedanken darin gefunden. Aber einige haben es auch auf einen Sockel gestellt, gleichwertig mit der Bibel. Das war nicht Sheldons Absicht. Ein Jahrhundert nach der Veröffentlichung hat jemand den Untertitel des Buches genommen, *Was würde Jesus tun?*, und daraus eine ganze Bewegung gemacht. Der Spruch erschien auf Schmuckstücken, Autoaufklebern und Werbeplakaten. Interessanterweise betrachtet *Die Hütte* den beliebten Spruch kritisch. Mack fragt Jesus:

„Du meinst (…), dass es nicht genügt, wenn ich mich einfach frage: ‚Was würde Jesus an meiner Stelle tun?‘“ In ihrer Unterhaltung ging es um Beziehungen und Regeln. Jesus antwortet: „Gute Absichten, aber eine schlechte Idee“ und erklärt dann, dass sein Leben nicht als Vorbild gemeint ist (S. 171). Das wird viele Leser sicher überraschen! Stattdessen meint Jesus: „Wenn du mir nachfolgen willst, geht es nicht darum, dass du versuchst, ‚wie Jesus zu sein‘. Nein, es geht darum, dass du deine Unabhängigkeit aufgibst“ (S. 172).

Hier stimmen also zwei große christliche Romane, *In seinen Fußstapfen* und *Die Hütte*, nicht darin überein, was es überhaupt bedeutet, Jesus nachzufolgen. Worauf es ankommt, ist, dass diese Romane sich zwar intensiv mit der Beziehung von Menschen zu Gott beschäftigen, aber nicht die Bibel sind. Das sollten Leser nicht vergessen. Wir müssen selbst sehen, mit welchem Ansatz wir mehr übereinstimmen (hoffentlich mithilfe unserer Glaubensgemeinschaft!). Ich denke, Charles M. Sheldon und William P. Young würden mir beide zustimmen, dass ihre Romane, genau wie der Klassiker *Die Pilgerreise*, einfach menschliche Vorstellungen davon sind, wie Gott sein könnte. Sie sind inspirierend, aber nicht inspiriert.

Leser von *Die Hütte*, die auf die Wahrheit bedacht sind, müssen sich deswegen von der Bibel prägen lassen. Zu häufig ersetzen Christen (von anderen Menschen ganz zu schweigen) die oft unbequemen Wahrheiten der Bibel durch eine leichter verdauliche Botschaft. Sie lesen mehr christliche Biografien, Romane und Selbsthilfebücher als die Bibel. Das ist ein Fehler. Selbstverständlich denke ich nicht, dass jeder Christ täglich stundenlang die Bibel studieren muss. Vielmehr meine ich, dass wir uns so oft wie nur möglich von der Bibel „ernähren“ und prägen lassen sollten. Dazu reicht es nicht, hier und da einmal losgelöste Einzelverse zum Beispiel in der Losung zu lesen. Wir müssen die Bibel im Gesamtzusammenhang kennen und verstehen lernen. Dann wird sie nämlich zu einer Linse, durch die wir alles andere bewerten.

In den letzten Jahren hat es diverse christliche Erfolgsromane über Engel, Dämonen und die letzten Tage der Erde gegeben. Viele Leser dieser Bücher sind nicht tief genug in der Bibel verwurzelt, um das Gute in diesen Romanen vom Schlechten trennen zu können. Obwohl *Die Hütte* meiner Meinung nach im Großen und Ganzen biblisch korrekt ist, sollte man das Buch genauso kritisch beurteilen und nicht einfach alles hinnehmen, was darin steht.

Auf die Botschaft in *Die Hütte* reagieren

Wie genau sollen wir denn nun auf *Die Hütte* reagieren? Zunächst einmal: Bauen Sie kein komplettes Glaubenssystem darauf auf. Wenn ein christliches Buch zu einem Phänomen wird, gibt es immer Leute, die dann gleich ihr ganzes Leben danach richten wollen. Ich kann mir schon vorstellen, dass jemand eine alte Hütte kauft, die man dann mieten kann, um *Die Hütte* zu lesen und seine eigene Begegnung mit Papa, Jesus und Sarayu zu haben. Vielleicht auch nicht.

Wofür *Die Hütte* sich dagegen sehr gut eignen würde, wäre als Diskussionsgrundlage für Kleingruppen. Gerade heute treffen meine Frau und ihre gemeindliche „Lebensgruppe" sich bei uns zu Hause. Dabei lesen und diskutieren sie *Die Hütte*. Sicher machen das hunderte, wenn nicht sogar tausende andere Kleingruppen auch. Ich schlage vor, dass Sie dabei eine Bibel zur Hand haben, damit Sie alles an ihr messen können. Wie die Bibel sagt: „Prüft alles" (1. Thessalonicher 5,21).

Was die Botschaft in *Die Hütte* betrifft, so können wir besonders von der Betonung von Gottes Güte und Vertrauenswürdigkeit profitieren. Das ist für alle unsere Beziehungen gut. Besonders für Menschen, die gerade leiden, ist es tröstlich zu wissen, dass Gott nicht der Urheber ihres Schmerzes ist. Er ist bei ihnen und kümmert sich um sie, auch wenn er (dem freien Willen zuliebe) sie nicht einfach von ihrem Leid befreien kann. Ich nehme aus *Die Hütte* außerdem die Botschaft mit, dass Beziehungen wichtiger sind als Regeln. Beim authentischen Christsein geht es nicht so sehr darum, was wir *tun*, sondern wer wir *sind*. Christsein heißt: Mit Gott Gemeinschaft haben, die einen verändert. Das christliche Leben besteht nicht im Einhalten von Regeln. Einige Christen nehmen die Zehn Gebote wichtiger als Jesus. Das ist traurig.

Ich habe viele Rezensionen von *Die Hütte* gelesen, und einige davon sind einfach nicht fair dem Buch gegenüber. Sie stoßen die schlimmsten Schmähungen aus und beschuldigen Young der Häresie oder Irrlehre. Dabei verstehen sie das Buch eindeutig falsch oder lesen etwas hinein, was da gar nicht steht. Ich würde Ihnen gern raten, das Buch mit einer inneren Offenheit anzugehen. Leider sehen es einige christliche Leiter als ihre Aufgabe an, in allem Fehler zu finden. In *Die Hütte* gibt es einige Fehler, aber ich habe nichts gefunden, was einer offensichtlichen Irrlehre gleichkäme.

Überhaupt ist „Irrlehre" schwer zu definieren. Auf jeden Fall ist es immer etwas Negatives. Niemand würde von sich behaupten, er predige oder verbreite Irrlehren.

Damit wir sie besser einordnen können, müssen wir wissen, dass es zwei verschiedene Arten von Irrlehren gibt. Als erstes gibt es Irrlehren, die man anhand des großen kirchengeschichtlichen Rahmens beurteilt. Irrlehren in diesem Sinne sind Lehren, die die Wahrheiten verneinen, die von allen Zweigen des Christentums durch die Jahrhunderte hindurch als Glaubensgrundlage akzeptiert worden sind. Innerhalb dieses geschichtlichen Rahmens gibt es nur wenige große Irrlehren: Die Leugnung der Dreieinigkeit, die Leugnung der Göttlichkeit oder Menschlichkeit von Jesus Christus, die Leugnung der Erlösung durch Gnade allein, die Leugnung der tatsächlichen Auferstehung Jesu Christi und unserer zukünftigen Auferstehung. (Es mag durchaus noch mehr geben.)

Die meisten christlichen Konfessionen halten beispielsweise die Leugnung der Dreieinigkeit für eine Irrlehre. Es gibt ein paar Gruppierungen, in der die Lehre der Dreieinigkeit kategorisch als falsch abgelehnt wird. Teilweise wird sie als Erfindung bestimmter Kirchenväter abgetan, die angeblich übermäßig vom römischen Kaiser Konstantin beeinflusst worden waren. Die Kirchengeschichte zeigt allerdings, dass diese Gruppierungen falsch liegen. Die frühesten Kirchenväter glaubten an die Dreieinigkeit, und in der Bibel wird stark auf die Dreieinigkeit Bezug genommen. Genauer gesagt ergibt die Bibel ohne die Dreieinigkeit überhaupt keinen Sinn!

Die meisten kontroversen Ideen von Christen fallen jedoch nicht in die Kategorie der Irrlehre, weil sie den Kern des Evangeliums nicht angreifen. Und einen derartigen Angriff finde ich auch in *Die Hütte* nirgendwo.

Es ist wichtig, Bilder nicht mit Glaubenslehren zu verwechseln. Nur weil einige der verwendeten Bilder und Vergleiche in *Die Hütte* sehr unkonventionell sind, heißt das nicht, dass sie Irrlehren verbreiten. Der Autor hält Gott den Vater nicht buchstäblich für eine übergewichtige afroamerikanische Frau – das macht er selbst glasklar. Und er erklärt sehr ausführlich, dass der Vater, der Sohn und der Heilige Geist ein Wesen aus drei Personen sind. In *Die Hütte* tritt die Lehre der Dreieinigkeit ganz klar zutage, als Gott Mack sich selbst erklärt. Einige Kritiker des Buches unterscheiden offenbar nicht genug zwischen bildhaften Darstellungen und Glaubenslehren.

Die zweite Bedeutung des Wortes „Irrlehre" ist an spezifische Glaubensinhalte eines *Zweigs* des Christentums gebunden. Für einen Katholiken ist es zum Beispiel eine Irrlehre, nicht an die Unfehlbarkeit des Papstes zu glauben. Für einen Protestanten ist es dagegen wahrscheinlich eine Irrlehre, den Glauben daran zu beteuern! Wenn Sie Protestant sind, glauben Sie vermutlich, dass Erlösung immer „aus Gnade und nur durch Glauben" kommt. Doch wenn Sie Katholik sind, kann der Teil „nur durch Glauben" wiederum als Irrlehre gelten.

So können einige Gedanken in *Die Hütte* innerhalb eines bestimmten konfessionellen Umfelds als Irrlehre oder zumindest als grober Fehler gelten. In einer bestimmten Konfession erzählt ein Pastor seiner Gemeinde vielleicht, das Buch würde Irrlehren verbreiten, weil es den freien Willen stark betont und den Gedanken der bedingungslosen Vorherbestimmung nicht. Aber da gibt es ein Problem. Ist William P. Young ein Mitglied dieser Konfession? Wenn nicht, dann kann er schwerlich der Irrlehre bezichtigt werden! Er ist nicht an das Glaubensbekenntnis der Konfession gebunden. Ein Pastor kann seiner Gemeinde also erzählen, dass einige Aspekte von *Die Hütte* aus der Sicht ihrer Konfession nicht korrekt sind; Young ist deshalb aber noch lange kein „Ketzer"!

Die Vorlieben und Abneigungen eines bestimmten konfessionellen Umfelds reichen eindeutig nicht aus, um dogmatische Irrtümer zu definieren. Wenn eine „wichtige" Person einen Gedanken oder gleich das ganze Buch als Irrlehre abtut, werden das viele ihrer „Schäfchen" auch tun, und das wäre sehr schade.

Irrlehren in *Die Hütte* finden

Was sind einige der angeblichen Irrlehren, die Kritiker in *Die Hütte* gefunden haben? Einige haben Young beschuldigt, universelle Erlösung zu lehren. Andere haben die Anklage vorgebracht, das Buch stelle den Menschen anstatt Gott in den Mittelpunkt. Wieder andere haben es dafür kritisiert, dass es eine bestimmte Theorie ablehnt, die erklärt, was genau Christus durch seinen Tod am Kreuz bewirkt hat. Und es wird behauptet, es lehre eine falsche Sicht der Dreieinigkeit. Was ist an diesen Anschuldigungen dran?

Lassen Sie uns mit der Dreieinigkeit anfangen. In Kapitel 3 habe ich diese Thematik bereits behandelt. Meiner Meinung nach gibt es an der in *Die Hütte* enthaltenen Dreieinigkeitslehre nichts, was einer Irrlehre gleichkäme, solange wir uns bewusst sind, dass Bilder wirklich nichts weiter als Bilder sind. Die Dogmen hinter den Bildern stehen im Einklang mit dem Bekenntnis von Nicäa, dem Glaubensbekenntnis, das für die meisten Zweige des Christentums verbindlich ist. Darin heißt es, Gott sei „eines Wesens" und drei Personen.

Die Hütte benutzt diese Begriffe nicht, und das zu Recht. Immerhin ist es ein Roman, der für eine breite Öffentlichkeit geschrieben wurde. Aber niemand, der das

Buch aufmerksam liest, wird ernsthaft der Meinung sein, dass es der Bibel und dem nicäischen Glaubensbekenntnis widerspricht. Wenn Leute das doch tun, dann quetschen sie eine bestimmte Interpretation der Dreieinigkeit in die Bibel und in das Glaubensbekenntnis hinein. Das ist unter Irrlehren-Jägern leider gang und gäbe. Sie gehen von ihrer eigenen enggefassten Interpretation einer Lehre aus und stellen sie über die Bibel und das Glaubensbekenntnis, und dann bezeichnen sie alles, was nicht in *ihre* Interpretation passt, als Irrlehre. Das ist falsch.

Es lohnt sich und ist fair, die Dreieinigkeitslehre in *Die Hütte* sorgfältig zu untersuchen. Vielleicht ist sie nicht ganz vollständig und mag auch einiges etwas verdrehen (siehe Kapitel 3), aber das Buch ist nicht als Lehrbuch für systematische Theologie gedacht. Für einen Roman gibt es die Dreieinigkeit für meine Begriffe angemessen wieder.

Wie sieht es mit der Anschuldigung aus, dass *Die Hütte* universelle Erlösung lehre? Zunächst müssen wir sehen, ob der Universalismus – die Erwartung, dass schlussendlich jeder errettet wird – überhaupt eine Irrlehre ist. Sicher, dieser Glaube steht außerhalb des christlichen Mainstreams. Die große Mehrzahl der Kirchenväter und Reformatoren glaubten an die Realität der Hölle. Es gab jedoch auch einige Kirchenväter, unter ihnen Origenes und Gregorius von Nyssa, die an die universelle Erlösung glaubten. Nach dem Maßstab der meisten christlichen Konfessionen ist das zugegebenermaßen eine Irrlehre, ob man nun katholisch, orthodox oder protestantisch ist.

Doch sagt *Die Hütte* überhaupt, dass eines Tages alle Menschen errettet werden? Tatsächlich steht in dem Buch, Jesus Christus sei für alle gestorben. Das ist nicht dasselbe wie Universalismus. Das Buch macht deutlich, dass man sich für eine Beziehung mit Gott entscheiden muss, damit der Opfertod von Jesus seine rettende Wirkung entfalten kann. Dazu braucht es Buße und Glauben. Ich sehe keine offene Verneinung der Hölle in *Die Hütte*, auch wenn die Realität der Hölle vielleicht deutlicher hätte hervortreten können (siehe Kapitel 6). Es ist nie richtig, jemanden der Irrlehre zu bezichtigen, nur weil er über ein Thema schweigt. In dem Fall wäre ja jede Predigt eine Irrlehre, weil keine Predigt immer *alle* Grundlagen des christlichen Glaubens einschließt.

Und schließlich, was ist mit der Behauptung, *Die Hütte* leugne die Lehre des Sühnetods Christi? Das englische Wort für Sühne, *atonement*, ist ein zusammengesetztes Wort. Es wurde von einem Bibelübersetzer der Renaissance buchstäblich erfunden. Er setzte zwei Wörter mit einer Nachsilbe zusammen: *„at"*, *„one"* und *„ment"*. Am Kreuz werden wir *„at one"* mit Gott gemacht, das heißt: eins gemacht, versöhnt. Demnach bejaht jeder den Sühnetod Jesu, der zustimmt, dass Jesus Christus Gott mit der Menschheit und die Menschheit mit Gott versöhnt hat.

Einige Kritiker halten *Die Hütte* für häretisch, weil das Buch die Theorie der stellvertretenden Bestrafung Christi nicht klar zur Sprache bringt. Natürlich ist es für diese Leute nicht bloß eine Theorie, sondern ein Kernpunkt ihrer Theologie. Dennoch gehört sie nicht zur großen Tradition des Christentums. Dieser Theorie zufolge wurde Gottes Zorn auf Jesus Christus am Kreuz ausgegossen. Viele der Reformatoren haben das gelehrt. Aber es ist nicht die einzige christliche Theorie der Sühne.

Jeder, der einen anderen der Irrlehre beschuldigt,

sollte sich klar sein, was er damit meint. Sagt er damit, dass man an die Theorie der stellvertretenden Bestrafung von Jesus Christus glauben muss, um ein Christ zu sein? In dem Fall wären eine Menge Leute in der Kirchengeschichte vom Christentum ausgeschlossen! Oder sagt er damit, dass William P. Young in der Konfession des Kritikers nicht predigen dürfte, weil er nicht an deren Sühnetheorie glaubt? Das ist etwas ganz anderes!

Ich bezweifle jedoch stark, dass *Die Hütte* überhaupt die stellvertretende Sühne verneint. In Bezug auf Jesus sagt Papa zu Mack: „Durch seinen Tod und seine Auferstehung bin ich jetzt völlig mit der Welt ausgesöhnt" (S. 222). Meiner Meinung nach gibt es in *Die Hütte* weder eine eindeutige Befürwortung noch eine eindeutige Ablehnung der stellvertretenden Sühne. Das Buch widerspricht dieser Lehre nicht, aber es bestätigt sie auch nicht eindeutig. Und das muss es ja auch nicht! Schließlich handelt es sich immer noch um einen Roman.

Alles in allem finde ich viele Kritikansätze in Bezug auf *Die Hütte* problematisch. Ich habe meine eigenen Kritikpunkte des Buches vorgebracht. Doch in meinen Ausführungen geht es um einige wenige Aspekte im Buch, die möglicherweise irreführend sein können. Es ist eine Sache, gesunde Kritik zu üben und zu artikulieren, wie man sich manche Punkte gewünscht hätte. Es ist etwas ganz anderes, mit wilden Anschuldigungen um sich zu werfen! Ich kann keine Irrlehren in *Die Hütte* finden und verstehe ehrlich gesagt Leute nicht, die meinen, welche gefunden zu haben.

Um es noch mal ganz klar zu sagen: Wenn jemand *Die Hütte* liest und feststellt, dass das Buch in manchen Punkten nicht ganz den dogmatischen Ansprüchen einer bestimmten Konfession gerecht wird, ist das in Ordnung.

Die meisten Kritiker sagen das aber nicht. Sie drücken dem Buch einfach das Etikett „Irrlehre" auf. Das ist ungerecht, unrichtig und auch nicht christlich.

Von *Die Hütte* lernen

Insgesamt würde ich sagen, dass *Die Hütte* der heutigen Welt gut tut. Warum? Weil die Geschichte Gottes Charakter anhand seiner vollkommensten und direktesten Offenbarung zeigt: Jesus Christus. Das Buch vermittelt die Wahrheit, dass Gott vollkommen gut und vertrauenswürdig ist und nichts Böses im Sinn hat oder Leuten absichtlich Leid zustoßen lässt.

Aber *Die Hütte* wird nur dann Gutes bewirken, wenn die Leser es nüchtern betrachten. Es ist nur eine Geschichte, geschrieben von einem Menschen. Es ist nicht die Heilige Schrift. Kurzum, es ist inspirierend, aber nicht inspiriert.

Wie könnte man nun also anhand dieser Analyse auf das Buch reagieren? Ich fände es gut, wenn man *Die Hütte* und den Autor verteidigt, wann immer man unfairer oder kleinlicher Kritik begegnet – besonders was Anschuldigungen der Irrlehre angeht. Man kann auch sagen, dass das Buch eine dringend nötige Korrektur dessen birgt, wie Leute über Gott denken.

Wichtiger noch: Leser von *Die Hütte* können dazu ermutigt werden, Gott trotz negativer Umstände zu vertrauen und sich zu bemühen, zerbrochene Beziehungen durch Vergebung und Versöhnung zu heilen. Wir sollten in uns ein Bild von Gottes Charakter formen, wie es von Jesus Christus vorgelebt wurde: liebevoll, vergebungsbereit, mitfühlend und barmherzig.

Diskussionsleitfaden zu
Gott und Die Hütte

Von Andrew T. Le Peau

Die folgenden Fragen sind für Einzelpersonen oder Gruppen gedacht, die anhand von Roger E. Olsons Buch *Gott und Die Hütte* vielen der herausfordernden Themen in *Die Hütte* weiter nachgehen wollen. Gruppen können in einer 45-minütigen Gesprächsrunde die Fragen zu zwei Kapiteln behandeln. Das heißt, man kann innerhalb von sechs Gesprächsrunden alle zwölf Kapitel durchnehmen. Wenn man sich nur bestimmte Fragen aus den jeweiligen Kapiteln herausgreift, kann man Olsons Buch und *Die Hütte* auch in weniger als sechs Treffen besprechen.

Sollten Sie die Bücher bei einer einzigen Zusammenkunft behandeln wollen, gibt es dazu einen Leitfaden im Anschluss an die Fragen zu Kapitel 12.

Kapitel 1
Warum ein Buch über *Die Hütte*?

1. Warum fühlen sich Ihrer Meinung nach so viele Leute von *Die Hütte* angesprochen?
2. Inwieweit hat der Roman Sie berührt?
3. Konnten Sie sich mit Mack identifizieren? Wenn ja, in welcher Hinsicht? Wenn nicht, warum nicht?
4. Finden Sie die Geschichte glaubhaft, in dem Sinne, dass sie zur allgemein menschlichen Erfahrung und

den Aussagen der Bibel passt? Erläutern Sie Ihre Antwort.

Kapitel 2
Wo ist Gott, wenn unschuldige Menschen leiden?

1. Das Problem des Bösen ist eine der schwierigsten Fragen, denen sich das Christentum stellen muss. In diesem Kapitel werden zwei Geschichten erzählt: eine von einem Mann, der glaubte, dass Gott das Leben seines Sohnes genommen hatte, und die andere von einem Mann, der nicht glaubte, dass Gott den Tod seines Sohnes gewollt hat. Welche der beiden Sichtweisen leuchtet Ihnen mehr ein? Warum?

2. Wo ist Gott, wenn wir oder uns nahestehende Menschen leiden? Olson sagt: „*Die Hütte* zufolge leidet Gott mit uns." Inwieweit veranschaulicht *Die Hütte*, wie Gott zum Leid steht?

3. Außerdem erwidert *Die Hütte* auf das Problem des Bösen, dass Gott dem Menschen einen freien Willen gegeben hat, und Liebe zwingt sich nicht auf. Wie ist Ihre Reaktion auf diesen Gedanken?

4. Überzeugt *Die Hütte* Sie davon, dass Gott gut ist? Erläutern Sie Ihre Antwort.

Kapitel 3
Ist Gott wirklich eine dreiköpfige Familie?

1. Viele Leute sehen Gott entweder als eine Art freundlichen Großvater oder als einen strengen, strafenden

178

Richter. Wie reagieren Sie auf den Versuch in *Die Hütte*, diesen Volksglauben über Gott zu korrigieren, besonders in der Darstellung von Gott als Papa und Sarayu?

2. Da *Die Hütte* ein Roman und kein theologisches Lehrbuch ist, glaubt Olson, dass die Darstellung der Dreieinigkeit im Grunde mit der traditionellen christlichen Lehre übereinstimmt. Die Bibel selbst malt viele Bilder von Gott, wie etwa das eines liebevollen Hirten, einer klugen Frau, eines wartenden Vaters, eines zurückkehrenden Königs. Zu welchen Darstellungen Gottes fühlen Sie sich am stärksten hingezogen? Welche helfen Ihnen am meisten? Warum?

3. Gott ist eine Dreieinigkeit. Das ist unter anderem deshalb so wichtig, weil Gott Liebe ist, und zum Lieben braucht man Beziehungen. Wäre Gott nur einer, könnte er nicht die verkörperte Liebe sein. „Papa, Jesus und Sarayu haben ewige Liebe zueinander." Finden Sie das einleuchtend? Erläutern Sie Ihre Antwort.

4. Olson erhebt einige Einwände gegen die Beschreibung in *Die Hütte*, dass alle drei Personen der Dreieinigkeit am Kreuz gewesen sind. Nur Jesus ist Mensch geworden und nur er ist gestorben. Entgegen der meisten christlichen Lehren macht *Die Hütte* die Anspielung, dass alle drei Personen Mensch geworden und gestorben sind. In welcher Hinsicht hilft uns *Die Hütte* trotzdem, zu verstehen, dass wir Gott am besten durch Jesus kennen können?

Kapitel 4
Ist Gott Herr von allem, beherrscht aber nicht alles?

1. In Kapitel 4 wendet sich Olson dem Problem des Bösen noch einmal genauer zu: Wie kann Gott vollkommen gut und allmächtig sein und trotzdem das Böse zulassen? Die Antwort in *Die Hütte* legt nahe, dass sich Gott aus Respekt vor unserem freien Willen einschränkt und nicht jedes Detail in unserem Leben steuert, denn Liebe drängt sich anderen nicht auf. Zwingt Gott Ihrer Meinung nach jemals Menschen, etwas gegen ihren Willen zu tun? Warum bzw. warum nicht?

2. *Die Hütte* sagt auch, dass Gott die Welt erlöst (und erlösen wird), indem er Gutes aus Bösem wirkt. Außerdem entschädigt Gott Menschen, die unschuldig leiden. Ergeben diese Gedanken Sinn für Sie? Erläutern Sie Ihre Antwort.

3. Inwieweit hilft uns der Umgang von Jesus mit dem Bösen, Gott besser zu verstehen?

4. Olsons Schlussfolgerung lautet: Da Gott sich offensichtlich begrenzt hat und nicht immer in der Welt eingreift, „kann man sagen – wie *Die Hütte* –, dass Gott Herr von allem ist, aber nicht alles beherrscht." Stimmen Sie damit überein? Warum bzw. warum nicht?

Kapitel 5
Wir und die Welt – was stimmt da nicht?

1. In der heutigen Gesellschaft ist es weit verbreitet, an das Gute im Menschen zu glauben. Sprich, jeder

Mensch hat angeblich großes Potenzial und ist im Innersten gut. *Die Hütte* sieht den Menschen und die Welt als verbogen an. Halten Sie das für eine treffende Beschreibung? Erläutern Sie Ihre Antwort.

2. *Die Hütte* ordnet die Probleme der Welt ganz klar dem Menschen zu. Wir haben uns das Böse „zu eigen gemacht" und die ganze Schöpfung mit uns gezogen. Wie erklären wir, dass einige Menschen offensichtlich sehr böse sind und andere nur ein wenig?

3. Mack ist unter anderem deshalb so verärgert über Gott, weil die Welt im Chaos versinkt und Gott scheinbar nicht genug tut, um sie in Ordnung zu bringen. Haben Sie schon mal ähnliche Gefühle Gott gegenüber gehabt?

4. Olson sieht das Menschenbild in *Die Hütte* nicht als schlechte Nachricht, sondern als gute, weil sie uns zu der wunderbaren Botschaft bringt, dass unser Schöpfer uns nicht aufgegeben hat. Gott hat uns seinen Sohn gesandt. So gesehen sind sowohl die Bibel als auch *Die Hütte* realistisch und hoffungsvoll. Stimmen Sie mit dieser Ansicht überein? Warum bzw. warum nicht?

Kapitel 6
Vergibt Gott jedem bedingungslos?

1. *Die Hütte* zufolge hat Gott uns bereits in und durch den Tod von Jesus am Kreuz vergeben. Im Gegensatz dazu sagt Olson, „dass Gott durch Jesus Christus die *Grundlage* für Vergebung gelegt hat." Vergebung ist für uns alle da, kommt aber erst zum Tragen, wenn wir Gottes Angebot annehmen. Welche Sicht finden Sie zutreffender? Warum?

2. Einige Leute glauben, dass man auf einen strengen Gott (meist den Vater) hinweisen muss, um die Menschen dazu zu bringen, das Richtige zu tun. Wenn wir dagegen Vergebung brauchen, wenden wir uns an Jesus. William P. Young hält eine derart zweigeteilte Sicht Gottes für falsch. Gottes Grundhaltung uns gegenüber ist immer Liebe, und Jesus spiegelt das Herz Gottes vollkommen wider. Trotzdem hat Jesus einige scharfe Worte für die religiösen Leiter übrig gehabt und ziemlich herausfordernde Ansagen für die Reichen. Wie können wir diese beiden Aspekte von Gottes Charakter in Einklang bringen?

3. Gott erklärt Mack, dass er keine fordernden Erwartungen hegt, sondern eher ein „ständiges, lebendiges Erwarten", das im Positiven „alles für möglich hält", was bei Beziehungen besser funktioniert. „Uns mit Erwartungen zu belasten, lässt uns lediglich in Schuldgefühle und Scham versinken." Was sind Ihre eigenen Erfahrungen mit Erwartungen?

4. Olson sagt, dass in *Die Hütte* die Hölle höchstens ein ‚schmerzvoller Zufluchtsort' ist, den Gott für Menschen bereitstellt, die seine Liebe hartnäckig ablehnen. Was halten Sie von dieser Vorstellung?

Kapitel 7
Was hat Gott mit uns vor?

1. Was ist das „Böse"? Olson stimmt mit *Die Hütte* überein, dass das Böse keine Sache in sich selbst, sondern die Abwesenheit des Guten ist, genau wie Dunkelheit die Abwesenheit von Licht ist. Deshalb konnte Gott das Böse gar nicht erschaffen, weil es nur als Ab-

wesenheit von etwas existiert, das er geschaffen hat. Inwieweit veranschaulicht Olsons Beispiel von der Höhle in South Dakota, dass das Böse äußerst real ist, aber trotzdem nicht erschaffen wurde?

2. „*Die Hütte* benutzt das Wort [‚Sünde'] nicht sehr häufig, was einige zu der Schlussfolgerung verleiten mag, dass Young zu nachsichtig mit der Sünde ist. Wenn man die Geschichte jedoch genauer liest, merkt man: Er betont die Sünde überaus stark. … *Die Hütte* sieht Sünde als menschliche Unabhängigkeitserklärung von Gott." Was halten Sie davon, wie hier die Sünde definiert wird?

3. In *Die Hütte* ist mit „Erlösung" gemeint, die Beziehung zu Gott wiederherzustellen, die durch unsere Unabhängigkeitserklärung zerbrochen wurde. Gott erklärt Mack, dass Erlösung durch den Tod und die Auferstehung von Jesus ermöglicht wird. Was verstehen Sie darunter?

4. Der letzte Schritt in Gottes „Wiederherstellungsprojekt" ist für Mack und die meisten von uns der schwierigste. Wir müssen nicht nur Gott vertrauen, sondern auch anderen vergeben, einschließlich denen, die uns am meisten verletzt haben. Für Mack ist das natürlich der *Ladykiller*. Gott sagt Mack, dass Vergeben nicht unbedingt Vergessen heißt. Auch entschuldigt es nichts. Wenn man vergibt, muss man dadurch nicht den Wunsch nach Gerechtigkeit aufgeben, wohl aber die Gerechtigkeit Gott überlassen. Wie ist Ihre Reaktion, wenn Sie aufgefordert werden, anderen auf diese Weise zu vergeben?

Kapitel 8
Kommen Kinderschänder in den Himmel?

1. Kapitel 8 untersucht die Thematik der Vergebung weiter, besonders in Bezug auf Leute, die abscheuliche Verbrechen wie Kindesmissbrauch begangen haben. Warum ist unser Hass auf diese Leute oft so ausgeprägt, und warum fällt uns der Gedanke schwer, ihnen zu vergeben?

2. Wie ist Ihre Reaktion auf Olsons Geschichte von seiner Beziehung zu seinem Vater?

3. Gott sagt Mack, dass er dem *Ladykiller* allein schon aus Eigeninteresse vergeben soll. Welchen Nutzen hat Mack davon, ihm zu vergeben?

4. Die Grundfrage in Kapitel 8 von *Gott und Die Hütte* lautet, ob Gott Menschen vergibt, unabhängig davon, wie schrecklich ihre Taten waren. Wie beantwortet *Die Hütte* aus Ihrer Sicht diese Frage?

Kapitel 9
Ist Jesus kein Christ?

1. Mack ist vom organisierten Christentum enttäuscht. Warum geht es so vielen Menschen ebenso, selbst wenn sie schon viele Jahre Christ sind?

2. In *Die Hütte* erklärt Jesus Mack, dass Menschen aus diversen Hintergründen ihn lieben und ihm nachfolgen. Was, denken Sie, möchte William P. Young damit sagen?

3. Weiterhin sagt Jesus in *Die Hütte*, dass er keine Institutionen gründet und auch kein großer Freund von Religion ist. Was meint er damit? Erklären Sie, warum

Sie damit übereinstimmen bzw. nicht übereinstimmen.

4. Basierend auf Apostelgeschichte 10 und Matthäus 25 liefert Olson Argumente dafür, dass man Jesus nachfolgen kann, ohne „Christ" zu sein – das heißt, ohne einer christlichen Gemeinde anzugehören. Sind Sie von seinen Argumenten überzeugt? Warum bzw. warum nicht?

Kapitel 10
Was hat die Kirche mit dem Glauben zu tun?

1. *Die Hütte* macht die Andeutung, dass man Gott auch außerhalb der Gemeinschaft von Christen voll und ganz erleben kann. Olson glaubt zwar nicht, dass man einer Organisation oder Institution angehören *muss*, wohl aber, dass man als Nachfolger von Jesus die Gemeinschaft anderer Christen braucht. Es gibt kein rein individualistisches Christentum. Was denken Sie darüber? Und warum?

2. Welche positiven und negativen Erfahrungen haben Sie mit Kirchen gemacht?

3. Olson zitiert das Neue Testament, um für die christliche Gemeinschaft zu plädieren. Wie ist Ihre Reaktion auf das, was er sagt?

4. Was halten Sie von dem alternativen Ende, das sich Olson für *Die Hütte* vorstellt, sowie von den Gründen, die er dafür anführt?

Kapitel 11
Ist Gottvertrauen immer ein Zuckerschlecken?

1. Wie realistisch ist das Ende von *Die Hütte?* Denken Sie, dass jemand so schnell über ein derart tragisches Ereignis hinwegkommen und wieder glücklich sein kann wie Mack?

2. Olson sagt, dass Mack ein moderner Hiob ist. Beide ringen mit der Frage, warum Unschuldige zu leiden haben. Beide stellen Gottes Güte infrage, rebellieren aber nicht gegen ihn. Beide haben eine tiefe, direkte Begegnung mit Gott und werden dadurch völlig verändert. Inwieweit unterscheiden oder ähneln sich Mack und Hiob?

3. Olson weist darauf hin, dass Jesus, die Psalmisten, Jeremia in den Klageliedern und auch Paulus mit Schmerzen, Traurigkeit und schrecklichen Verlusten zu kämpfen hatten. Stimmen Sie damit überein, dass solche Erfahrungen ganz normal und nicht „unchristlich" sind? Erläutern Sie Ihre Antwort.

4. Für Olson ist die Schlüsselfrage, ob man daran glauben kann, dass Gott gut ist. Halten Sie das auch für die Schlüsselfrage des Glaubens?

Kapitel 12
Wie sollen wir auf *Die Hütte* reagieren?

1. Einige Leser sind von *Die Hütte* derart begeistert, dass sie dem Buch denselben Stellenwert einräumen wie dem Wort Gottes. Warum sollte man unbedingt daran denken, dass *Die Hütte* von Gottes Wort handelt, aber nicht Gottes Wort ist?

2. Andere haben das Buch so betrachtet (kritisch oder positiv), als sei es ein theologisches Lehrbuch. Dabei ist *Die Hütte* ein Roman. Inwieweit hilft uns dieser Gedanke?

3. Einige Leser und Rezensenten haben *Die Hütte* heftig kritisiert. Welcher Unterschied besteht darin, *Die Hütte* als Irrlehre zu bezeichnen (womit gemeint ist, dass es gegen den Glauben angeht, den Christen über die Jahrhunderte hinweg weltweit am Leben gehalten haben) oder zu sagen, dass es nicht ganz den dogmatischen Ansichten einer bestimmten Konfession entspricht?

4. Olson sagt, dass *Die Hütte* unter anderem deshalb so wertvoll ist, weil „es Gottes Charakter anhand seiner vollkommensten und direktesten Offenbarung zeigt: Jesus Christus." Was erfahren wir über Gott durch Jesus in *Die Hütte*?

Diskussionsleitfaden zu *Gott und Die Hütte* für eine einzelne Gesprächsrunde

Die folgenden Fragen sind für Einzelpersonen oder Gruppen gedacht, die anhand von Roger Olsons *Gott und Die Hütte* vielen der herausfordernden Themen in *Die Hütte* weiter nachgehen wollen. Dazu ist eine 60- bis 90-minütige Gesprächsrunde erforderlich.

1. Warum fühlen sich Ihrer Meinung nach so viele Leute von *Die Hütte* angesprochen?

2. Die Existenz des Bösen ist eines der Hauptthemen in *Die Hütte*. Wo ist Gott, wenn wir oder uns nahestehende Menschen leiden? Olson sagt: „*Die Hütte* zufolge leidet Gott mit uns." Inwieweit veranschaulicht *Die Hütte*, wie Gott sich uns gegenüber verhält?

3. Außerdem erwidert *Die Hütte* auf das Problem des Bösen, dass Gott dem Menschen einen freien Willen gegeben hat, und wahre Liebe drängt sich nicht auf. Wie ist Ihre Reaktion auf diesen Gedanken?

4. In der heutigen Gesellschaft ist es weit verbreitet, an das Gute im Menschen zu glauben. Sprich, jeder hat angeblich großes Potenzial und ist im Innersten gut. *Die Hütte* sieht den Menschen und die Welt als verbogen an. Halten Sie das für eine treffende Beschreibung? Erläutern Sie Ihre Antwort.

5. *Die Hütte* sagt auch, dass Gott die Welt erlöst (und erlösen wird), indem er Gutes aus Bösem wirkt. Außerdem entschädigt Gott Menschen, die unschuldig leiden. Ergeben diese Gedanken Sinn für Sie? Erläutern Sie Ihre Antwort.

6. Mack ist unter anderem deshalb so verärgert über Gott, weil die Welt im Chaos versinkt und Gott scheinbar

nicht genug tut, um sie in Ordnung zu bringen. Haben Sie schon mal ähnliche Gefühle Gott gegenüber gehabt?

7. Olsons Schlussfolgerung lautet: Da Gott sich offensichtlich begrenzt hat und nicht immer in der Welt eingreift, „sollte man sagen – wie *Die Hütte* –, dass Gott Herr von allem ist, aber nicht alles beherrscht." Stimmen Sie damit überein? Warum bzw. warum nicht?

8. Viele Leute sehen Gott entweder als eine Art freundlichen Großvater oder als einen strengen, strafenden Richter. Wie reagieren Sie auf den Versuch in *Die Hütte*, diesen Volksglauben über Gott zu korrigieren, besonders in seiner Darstellung von Gott als Papa und Sarayu?

9. Einige Leute glauben, dass man auf einen strengen Gott (meist den Vater) verweisen muss, weil nur so Menschen das Richtige tun. Wenn wir dagegen Vergebung brauchen, wenden wir uns an Jesus. William P. Young hält eine derart zweigeteilte Sicht Gottes für falsch. Gottes Grundhaltung uns gegenüber ist Liebe, und Jesus spiegelt das Herz Gottes vollkommen wider. Trotzdem hat Jesus einige scharfe Worte für die religiösen Leiter und ziemlich herausfordernde Ansagen für die Reichen. Wie können wir diese beiden Aspekte von Gottes Charakter in Einklang bringen?

10. „Gott erklärt Mack, dass er keine fordernden Erwartungen hegt, sondern eher ein ständiges, lebendiges Erwarten, das im Positiven alles für möglich hält, was bei Beziehungen besser funktioniert." Was sind Ihre eigenen Erfahrungen mit Erwartungen?

11. Der letzte Schritt in Gottes „Wiederherstellungs-

projekt" ist für Mack und die meisten von uns der schwierigste. Wir müssen nicht nur Gott vertrauen, sondern auch anderen vergeben, einschließlich denen, die uns am meisten verletzt haben. Für Mack ist das natürlich der *Ladykiller*. Gott sagt Mack, dass Vergeben nicht unbedingt Vergessen heißt. Auch entschuldigt es nichts. Wenn man vergibt, muss man dadurch nicht den Wunsch nach Gerechtigkeit aufgeben, wohl aber die Gerechtigkeit Gott überlassen. Wie ist Ihre Reaktion, wenn Sie aufgefordert werden, anderen auf diese Weise zu vergeben?

12. Gott sagt Mack, dass er dem *Ladykiller* allein schon aus Eigeninteresse vergeben soll. Welchen Nutzen hat Mack davon, ihm zu vergeben?

13. Die Grundfrage in Kapitel 8 von *Gott und Die Hütte* lautet, ob Gott Menschen vergibt, unabhängig davon, wie schrecklich ihre Taten waren. Wie beantwortet *Die Hütte* aus Ihrer Sicht diese Frage?

14. Mack ist vom organisierten Christentum enttäuscht. Warum geht es so vielen Menschen ebenso, selbst wenn sie schon viele Jahre Christ sind?

15. Jesus sagt in *Die Hütte*, dass er keine Institutionen gründet und auch kein großer Freund von Religion ist. Was meint er damit? Erklären Sie, warum Sie damit übereinstimmen bzw. nicht übereinstimmen.

16. *Die Hütte* macht die Andeutung, dass man Gott auch außerhalb der Gemeinschaft von Christen voll und ganz erleben kann. Olson glaubt zwar nicht, dass man einer Organisation oder Institution angehören *muss*, wohl aber, dass man als Nachfolger von Jesus die Gemeinschaft anderer Christen braucht. Es gibt kein rein individualistisches Christentum. Was denken Sie darüber? Und warum?

17. Wie realistisch ist das Ende von *Die Hütte?* Denken Sie, dass jemand so schnell über ein derart tragisches Ereignis hinwegkommen und wieder glücklich sein kann wie Mack?

18. Olson weist darauf hin, dass Jesus, die Psalmisten, Jeremia in den Klageliedern und auch Paulus mit Schmerzen, Traurigkeit und schrecklichen Verlusten zu kämpfen hatten. Stimmen Sie damit überein, dass solche Erfahrungen ganz normal und nicht „unchristlich" sind? Erläutern Sie Ihre Antwort.

19. Einige Leser sind von *Die Hütte* derart begeistert, dass sie dem Buch denselben Stellenwert einräumen wie dem Wort Gottes. Warum sollte man unbedingt daran denken, dass *Die Hütte* von Gottes Wort handelt, aber nicht Gottes Wort ist?

20. Olson sagt, dass *Die Hütte* unter anderem deshalb so wertvoll ist, weil „es Gottes Charakter anhand seiner vollkommensten und direktesten Offenbarung zeigt: Jesus Christus." Was erfahren wir durch Jesus in *Die Hütte* über Gott?